魔豆

玫瑰色鬼室友

My Dear Ghost Roommate

vol. 7 下

畢業季節

林賾流——著

哈尼正太郎——插畫

玫瑰色鬼室友

vol. 7 下

畢業季節

目錄

Chapter 09 / 執著

或許是肉體感受到生存危機，這次我紮紮實實昏睡了一回，醒時意識仍很破碎，腦海裡充滿這一年多來遇見的各種存在，那些碎片細節此刻如同澄清水面下的礫石落葉，歷歷在目。

這顆枕頭富有彈性還暖洋洋的，我忍不住蹭了兩下才發覺不對勁，張開眼睛果然是無名氏低垂的笑臉。

我正枕著他的大腿，肯定是無名氏動的手腳！

「我有乖乖跪著反省喔！」他一副邀功的語氣，我實在無法理解魔族與神人混血的奇特生物。

我掙扎著想起來，被他用指尖抵住鎖骨一按又倒回去。

「想換個姿勢反省嗎？ORZ怎麼樣？」我不悅道。

「你變得好虛弱，繼續睡吧！」無名氏不帶惡意說話時聽上去莫名地令人有點揪心。

不不不，他混淆我和前世就算了，我可不想把他和殺手學弟做成咖啡牛奶。

「窩在別人身上我怎麼可能睡得著？」

他張口欲辯，隨即作賊心虛地繞開重點：「你有被我抱過的，前世。」

「哈！肯定是字面上的意思！」

「總歸也是不一般的親近了，懂嗎？」他盯著我認真地說。

情況進入奇怪的延長賽，有如賭氣一般，無名氏認定我得不靠提示想起他，才能彰顯他的重要與特殊，而我不願接受別人指定的過去身分，更不想讓已死之人記憶擾亂今生，蘇晴艾就是我的唯一，這是我身爲地球人的志氣。

我二度奮起，他不敢強硬攔我，只得容我坐到一邊。

「……轉生成女人是什麼感覺？」過了一會兒，他小心翼翼地問。

「我又沒當過男人，不過練柔道認識很多男生後覺得男人生活也挺麻煩的，反正我生下來就是女生，習慣了，就是三天兩頭擔心被人強姦。」我冷淡地說。

「我替你報仇吧！所有對你無禮的人，做鬼也得嘗嘗千刀萬剮的滋味。」

「包括你自己嗎？」

「行。」他一口答應。

「算了，我沒興趣。」某種程度上，我佩服戴佳琬的復仇心，對於侵犯自己的人或鬼，她不但「強暴」回去，程度還提升很多倍。

爲啥我態度越隨便，無名氏看我的眼神就越懷念？

「我想要吃泡麵，背包什麼時候回來？」下腹突然傳來異樣的感覺，我渾身一僵，接著若無其事地問。

「快了。」無名氏拿出一片蛇鱗細語，用的是我毫無概念的陌生語言。
「你啥時會爬說語？」至少我能聽出他在下命令，表示白娘子應該尚未陣亡。
「把神人語言教給這些畜生的是你，我只是利用牠們刻印在魂魄裡的軌跡而已。」無名氏雖然不肯洩底，卻忍不住偷丟線索。
「噢。」現在比起神不神，我更需要解決女人的問題。
好在白娘子不久後就用跑百米的速度出現在洞口外，想必是無名氏之前不想被打擾兩人獨處的ＹＹ時間才要她在附近繞圈。
「背包進來，你出去。」我說。
「爲什麼？」他抽了抽鼻子。「怎麼有血味？」
反正都要面對現實，我爽快地認了。「因爲我要換衛生棉，生理期突然來了。」
大概是生活壓力一直很大，我的生理期總是不準，好在有運動習慣，來的時候倒也不會痛，就是日子難捉摸。但這次大概身體情況太差了，幾乎是一感覺濕潤我的腹部就開始翻絞，外加渾身發冷。
比起尷尬我居然是先感到慶幸，男人對月經有種本能恐懼，客觀來說我現在被性侵的機率又更低了。

對，即便無名氏表現出誠懇懺悔的模樣，我依然不相信此刻的他，誰知是不是一場戲？至少無名氏充分證明自己是那種可以瞬間改變遊戲規則的變態。

「生理期？」

「如果沒懷孕，女人一個月要流一次血。」血條已經逼近零，還得給前世人格上衛教課，要是我有十根中指就好了。

「一個月一次？那麼頻繁？」他很吃驚。

「不然你那個世界女生多久來一次？」

「不一定，看血統吧？最短的也差不多要三百晝夜。雌性自己流血的時候千萬不要靠近，這還是你教我的，你說這時候她們會恢復本性，很恐怖。」無名氏似乎想起不少令他餘悸猶存的回憶。

反正是異世界人，我懶得計較數字。「不好意思，我現在不想聊天，希望先解決衛生問題。」

無名氏感受到我渾身洋溢的殺氣，聰明地往外挪。白娘子叼著登山背包爬進來，起碼十公斤重的背包，她卻像叼著口紅。

白娘子伸出脖子打量我，我也睜大眼睛打量她。白娘子身上帶著些許打鬥傷痕，可能是來回途中和追兵發生衝突，不見一道嚴重傷口，至多鱗片有些凌亂滲血而已，表示黑山主他們極可能還沒醒。任何一個BOSS級怪獸醒來她都不可能討到便宜，這一點側面印證無名氏的能力有多麻煩，還有白娘子戰鬥能力與這座山的妖怪比起來也不弱，畢竟是黑山主面試給弟弟的唯一手下，守地盤的野戰能力絕對有挑過。

外頭依然漆黑，我更是飢腸轆轆，從身體恢復情形判斷，我很可能昏睡一天一夜，此刻不僅肚子痛，腦袋更是快裂成四瓣。

她將視線投向我的下身，目光驚詫，對，我懂這事很尷尬，但現在不是拍電影，會來的東西就是會來，小心起見我也做了準備，否則在背包裡放衛生棉是嫌行李太少嗎？

「妳……很痛嗎？」白娘子遲疑問。

「廢話。」我應得有氣無力，不用照鏡子就知道此刻自己臉色一定很蒼白，衣服也睡得很凌亂。

「Master會對妳很好的。」

「我才不希罕，還有對我好的是葉世蔓。」

不久之後，我才知道此刻自己與白娘子的對話完全是雞同鴨講。

從背包裡掏出衛生棉，叫白娘子去替我煮鍋韓式拉麵來，反正她都在男生宿舍被養成精了，我可不信她不會煮泡麵。

白娘子默默叼起背包，此舉更印證我的猜想，無名氏果然對她加註某些絕對指令，我等於是她master的master，叫她幹什麼都可以。

「妳不覺得喜歡一個永遠不會愛上妳的對象很笨嗎？」永遠這句話是有些誇大，但我的直覺是，殺手學弟/無名氏和白娘子之間沒有任何俗稱「CP感」的發展可能性。

白娘子叼著背包開口：「人和妖本來就很難在一起，如果我什麼也沒爲master做過，他要怎麼記得有過我的存在？若是雞毛蒜皮的小事，又怎配讓他記得？希望他記憶中的我就是這樣一副痴情貌，這哪裡笨了？人類才是常常不懂得珍惜對方願意回眸的時間，反而在喜歡的人面前越變越醜。」

沒有結果，就不會腐敗。原來白娘子的價值觀是這樣。我有點意外，倒不是想法多特別，而是我身邊的單身女生幾乎都有這類傾向，舉凡許洛薇、敏君學姊、戴姊姊皆是如此，而殺手學弟也眞的具備魔幻的前世和魅力，白娘子認爲她這一把梭哈很值得。

「算了，妳開心就好。泡麵的湯要少一點。」我只能這麼說。

白娘子乖乖去做工了，我則用最快速度換上衛生棉，又用淨鹽水洗了下手。不能怪我把淨鹽水做不敬用途，人都窮途末路了哪能在意形式，何況天界的陰謀讓我超級不爽。

我剛忙完瑣事重新躺回毛皮上，無名氏就捧著擰過熱水的濕毛巾和煮好的泡麵進來，考慮到他有聲音方面的異能，可能連我一個屁放多久都逃不了他的監聽。

「這就是妳的『本性』嗎？好像快被曬死的毛毛蟲。」他一邊將泡麵分裝到碗裡一邊說。

「怎樣？不行嗎？」

「不，只是太可愛了令我無比吃驚。」

求大宇宙意志解答快被曬死的毛毛蟲與可愛之間的關聯性。

「講幹話你還沒見識過眞正的高手。」我扼腕許洛薇不能以最佳狀態登場與無名氏一決雌雄。

頭髮亂披，無名氏跪坐在我旁邊伸手偷揪了一小撮髮尾，不管了，先塡飽肚子再說。

「你把頭髮留長了。」

「沒，上個月才剪短。」太長就不方便練柔道了，大學時代不想花錢做造型的前提下，自己剪太短又有礙觀瞻，我就一直保持在可以對著鏡子簡單操作然後紮成一把的長度。這一年因爲太過忙亂，忘了剪頭髮導致一度留到差點及腰，剛好趁超能力操過頭癱在床上時請村裡的嬸嬸替我剪掉一大截。

記得學長們看到我恢復過去造型都很錯愕，只有殺手學弟當機立斷提出想要那把剪下來的頭髮當紀念。我本來覺得無傷大雅正要答應，回頭一看斷髮就不見了，又變成新的靈異故事。

之後溫千歲說是他拿走了，有朝一日機會合適可以用來製作護身符，先替我收著——果然是好爸爸的反射動作，爲啥我當時沒看出來呢？

無名氏就這樣搓著我的髮尾若有所思，我知道他又在比較了，剪去那段見證窘迫歲月的乾枯髮絲，目前我的半長髮雖不烏黑，明顯油光水滑不少，可見「虛幻燈螢」實在太厲害，讓我跟著小花的毛皮一起充分受滋潤。

「有留剪頭髮前的照片嗎？」語氣充滿渴望。

「沒，想剪就剪了。」嬸嬸倒是問過我需不需要照相，我豪爽地說沒這必要。

「你這樣還算是女人嗎？一點都不愛惜羽毛！」

「你是鳥嗎？」

他猛然閉嘴。不會吧？隨便猜猜也中？

「你愛那個人哪一點？」喝完最後一口重口味泡麵湯後，我開始展開反攻，知己知彼，百戰不殆，遇到這種變態就是要調查他的心靈弱點，最不濟也能反其道而行。

「我不知道什麼是愛，也不會愛人，但我很執著你。」無名氏自己承認了。

你都說完了我怎麼辦？依稀知道前世的自己是什麼感覺了，眞欠揍啊這孩子。

「喜歡也沒有嗎？」我斜著眼問。

「自然是頂頂喜歡，唯一的，最初的，最後的。」無名氏看著我道，笑容是溺死人的溫柔，充滿孩子氣。

我聽得很認眞，認眞到我終於看見那宛若針尖般的誘惑目的，以及我不爲所動的原因。

「如果所有生物都因爲那該死的魔神仔遺傳魅力來磨蹭你，你想必會覺得受人戀慕是件非常噁心的事，那個人從來不是被你的能力影響才喜歡你這個人，『唯一』的結論，是你用盡力氣和手段測試出來的珍貴答案。倘若成功誘惑那個人到手，對你來說反而是變得絕望了，對嗎？儘管如此，你還是會繼續扮演被那個人愛上的形象，因爲那個人是絕對的與眾不同，你捨不得傷害對方，就算要勉強自己演戲也無所謂。」我冷不防握住無名氏的手指說。

他明顯震了一下。

「不過，能被超級古怪的你當成最重要的存在，那個人肯定也是個變態！他又怎捨得令你失望呢？前世的你到死都沒得逞過，只能傻傻夢想著對方吧？那個人了解眞正的你，也給了你最想要的結局。該怎麼形容？永無止盡的期待？至少那個人一定非常喜歡你。某種意義上，你是愛著那個人的，雖然不是戀愛，這一點絕對不是什麼壞事。你不是不會愛人，只是不明白戀愛這一種愛而已，生存繁衍已經很困難的古代人也很少有戀愛這種觀念吧？這又不奇怪。」我斬釘截鐵地剖析，越說越覺得就是這麼回事。

「你懂戀愛是怎麼回事嗎？憑什麼指點我？」無名氏眼帶鄙夷。

「就因爲我也不懂，才跟你有共鳴啊！不然你用下面的幸福發誓，我哪裡說錯了？」

「……眞有你的。」

我發現無名氏不會在承認自己的心情上扭扭捏捏，與其說豁達，更像是通透的冷漠，唯一的熱情只有針對他心中的那個人。

「唉，也許轉世也有窩心之處，那個人可不會把話說得那麼白。」無名氏搔搔鼻尖。

「這是蘇武牧羊的心態啦～與其當匈奴王，還不如當那隻羊，還能天天被他撫摸照顧。」

總覺得無名氏某種意義上其實很務實。

「王或羊，蘇武更喜歡哪邊？」

「我想蘇武應該是最喜歡他老婆吧。」啊，不好，我好像開黃腔了，都怪這談話氛圍太像趁主將學長不在破下限的柔道社。

「你爲什麼喜歡那個人？」擔心無名氏打蛇隨棍上又讓氣氛變得曖昧，我趕緊把話題頂回焦點。

「他不會逼我當好人，只是逼我做好事而已。我想給自己找個賣點，因爲那個人油鹽不進無法捉摸，終於發現一個老大比不上我的地方，我最聽那個人的話了！」

不可不說是正確策略，殺手學弟覺醒前也曾好幾次對我說過類似的話，看來是刻印進魂魄本能了，我的確吃這一套，應該說，有誰會不喜歡呢？

「你所謂喜歡就是傷害那個人的轉世？是有那種人啦！如果你記得戴佳琬，你會想和那種女生在一起嗎？」我順著前世人格自己承認的性向質問。

無名氏又皺了下眉頭，顯然不喜歡被和戴佳琬相提並論。

「我只是想在你屬於某個人之前搞點小破壞而已，反正他肯定不在乎你是不是處女。」

「我屬於誰了？薇薇？她幹嘛在乎我是不是處女？她眞的不在乎啊！她只是挑食又不是保守。」許洛薇還想把我叼去給主將學長吃咧！我眞後悔當時沒踢她兩腳。

「……我和你溝通上有點困難。」

「我才和你無法溝通，我就是我，不會屬於誰。」

「這就是我最喜歡的一點，你肯定不懂吧？」無名氏嘻皮笑臉。

「我們都是路人甲乙丙丁，在這花花世界各自遊戲，你也別把自己太當回事了，搞不好你去看個心理醫生，對方就是神明轉生可以幫你。」我沉痛呼籲他應該接受這個時代的專業治療。

「『妳』能說出這樣帶有空性的話，足見沒一點覺醒是騙人的。」無名氏又露出防賊似的表情，被一個變態戲精這般控訴眞教我情何以堪？

「只是剛好想到這句歌詞很貼切，我還會背孔子的中心思想呢！沒印象就是沒印象！你只是魂魄是魔神仔，身體還是人類，和我一樣當人類不好嗎？」我問。

無名氏目光迷離，透過我凝視著另一個遙遠世界。「就『我』來說很好，但自稱蘇晴艾的『你』，知道爲何『我』會甦醒嗎？」

魔王毫無預警直刺核心，我一時有點懵。

「不是力量太強壓不住嗎？」

「同一個人哪有強不強的問題？只是支配區塊不一樣罷了，肉體化身本來是他在使用，我和葉世蔓各處其位，可沒有勉強過誰。」

無名氏這樣解釋我倒也聽得懂，但他這套「前作業系統」太誇張啦！

「你記得『五識』嗎？」無名氏冷不防問。

我有種被教授突襲隨堂考的感覺，幹嘛這樣？

「你指的是佛教裡的眼耳鼻舌身，一個人的感官功能？」蘇小艾可不是白抄那些佛經的！

「第六識呢？」

「當然是意識了。」眼耳鼻舌身意，色聲香味觸法，同一組的口訣我都記得很熟，誰會料到魔王和我談佛這種玄幻展開？

「這個意識，就是你所謂的葉世蔓。」無名氏說。

「我知道啦！你說人格會更好懂。」

「繼續往下，第七識？」

啊靠！

我尷尬的反應一定爲他提供充分娛樂了。「這些都是你教我的，還說是初級中的初級，怎麼你答得結結巴巴呢？」

「我知道後面有個『阿賴耶識』！」這名字常常在各類作品中看見，充滿中二感，導致我很輕易就記起來，內容卻不太懂了，當然更不記得排在前面的還有多少「識」！

「哦，原來你知道『我』的存在。」他似笑非笑。

後來我就近找刑玉陽惡補一番，才知道阿賴耶識是「種子」的意思，某種程度上，阿賴耶識就是阿克夏記錄個人版，一個人多生累世的一切都存檔在阿賴耶識中，當然也包括葉世蔓的前世，無名氏魔王的種種回憶與業障神通。

老生常談的因果一詞，所謂的業果就是從這個「種子」中長出來。

「所以第七識到底是啥？」我有點惱羞成怒了。

「叫『末那識』，用好懂的話解釋，就是『我執』。」他深沉地盯著我的眼睛。「如果沒有相同的執著，葉世蔓絕計無法透過第七識找到我，我更不會與他互換。讓他沉睡而令我覺醒的，就是這份末那識，對同一個人的執著。」

「執著就執著，跟互換有啥關係，還不是你想侵占他的軀殼？」

「同樣的執著還包括了被你排除在外，你總是更依賴『別人』，葉世蔓的能力也的確比不過其他人，對於蘇晴艾的災難困境束手無策，他因這份無力感呼喚我，本來不一定會在這一世覺醒的我，特地爲了我的分身現世了。」無名氏說。

「假使葉世蔓想醒來，你就會回去嗎？」

「你可以試著呼喚正封藏在阿賴耶識中的那個小男孩，我不會阻止。但阿賴耶識可不是那麼好進入的地方，即便自己的阿賴耶識都要修行多世才有可能掌握皮毛了，遑論探索他人？如果你有大阿羅漢等級的定力和願力又另當別論。」

魔王的意思是，即便殺手學弟後悔了，他也無法憑自己的意願回到意識層？而我透過AR超能力看見的過去，難道就是阿賴耶識的片斷內容？那無數次輪迴其中之一的資訊？

我雖能透過超能力僥倖目睹神祕境界，但就像透過電腦螢幕上看見圖片，偶爾可以用用滑鼠鍵盤，可要主動進入加密資料庫找到特定檔案根本是兩回事。

「這和死掉有什麼不一樣？」

「死掉不一定會離場，結束的意識卻是與生死輪迴徹底隔離了，畢竟，意識又不是完整魂魄。對你來說，要超越轉世造成的意識障礙應該輕而易舉才對，但過去的你有這個能耐卻從來不干預他人前世今生，現在的你想找回某個人的意識卻無能爲力，眞是諷刺啊！」無名氏笑嘻嘻道。「也許你學我多覺醒點就能看開葉世蔓的問題了。」

「你怎不也對那個人看開一下？」我回嘴，然後陷入無法超凡入聖的挫敗中。

「我從來都不想覺悟得救囉！」無名氏的確充滿這種調調。

我好像進入要讀哪個檔的兩難了，恢復成無名氏口中的那個人，說不定就能展現ＡＲＲ超能力的完全體，包括進入葉世蔓的阿賴耶識中將殺手學弟拉出來，擅長討好賣乖的魔王大概也不會反抗，任憑我把他塞回去，前提是我還保持蘇晴艾的意識。

這正是無名氏想看到的情況，只要那個人重新現世，他似乎不在乎自己能不能繼續留存。問題在於前世不是我想切換就切換的狀態，否則那麼多高僧修行修假的？倘若蘇晴艾也被前世人格覆蓋，我還會不會想救殺手學弟很難說，萬一不想救了，對現在的我來說不就血本無歸？

「你能主動把葉世蔓撈回來吧？天界都怕你搞事了，你不缺這點力量。」我可沒忽略無名氏發言中的漏洞。既然天界將無名氏當成魔王看待，不也表示他的實力逼近神佛？

「我爲何要這麼做？難不成還得服務你們人類的自以爲是？葉世蔓也不想一生都困在我曾經歷過的魔障中，抑或你想命令我？那就以那個人的名義正確呼喚我的眞名，證明你有讓我唯命是從的資格。」無名氏舉手投足中流露的傲慢陌生令我坐立難安。

「如果我要你放我回去呢？」我品出無名氏言語的味兒了，既然他模稜兩可地承認我，自然也會模稜兩可地遵守我的命令，說到底還是看心情配合！

「可以，如果這能讓你開心。」

「你會和我一起回去嗎？」我屏氣凝神問。

「回去哪兒？這世間有我立足之地嗎？」無名氏微笑。

「那你跑吧！起碼我得先想辦法弄出一處葉世蔓的立足之地再說，但你不可以殺人或害人。」被無名氏綁這一遭到底還是有些收穫，起碼探到魔王的底線。他被執著束縛，那個人的影響力迄今制衡著無名氏，他只是讓山神們沉睡而非叫他們去死恐怕也是因爲如此。

他又深深凝視我一會兒才聳肩說：「可惜我現在還想再看一個人死。再說天界擺明要拘禁我，那個人也鼓勵我們要還手亮亮牙齒，我可不保證能避免附帶傷害。」

「你要誰死？」該不會是他曾提過的「老大」轉世？根據我目前爲止的觀察，無名氏除了執著號稱是我前世的某人，第二個他明顯在意的對象就是那個老大。

「你繼續跟著我不就知道了？」

不得不說無名氏軟硬皆施的手段實在厲害，一句話打消我的撤退念頭，這渾球都發出殺人宣言了，我不盯著怎麼可以？

無話可說之下，我背對無名氏盯著苟延殘喘的火堆，心思卻轉到為何殺手學弟會絕望到向早已死去的前世求助？我知道他心裡有些黑暗，因為我也有，人人都有，以為比我懂事的殺手學弟已經跨過去了，無名氏卻殘酷地告訴我：不，他做不到。

葉世蔓就這樣消失了。

啊，現在流不出眼淚，否則我一定會嚎啕大哭到無法呼吸。

□

記得殺手學弟剛開始追求我的時候，為了避免尷尬，我常常把話題丟回他身上，問些殺手學弟童年或隱瞞性向時遭遇的困難，算是為彼此多點認識吧！那時其實聽到不少驚悚內容。

儘管殺手學弟開玩笑說打悲情牌會讓我心軟，但他遭遇過的事情令我完全笑不出來。

比如說，殺手學弟小學時期其實長得又矮又胖，一點都不美形。隨處可見的故事，一個小胖子老是被欺負，小胖子根本不覺得自己胖有什麼不好，但身邊的人需要找個壓力出口，不斷嘲笑捉弄還對葉世蔓動手動腳，連女生都踐踏他。後來他的確變瘦也變好看了，但是，他始終認爲當初那個自己雖然不帥但也沒問題，因爲他不希罕被那些蠢蛋喜歡。

聽起來很耳熟吧？難怪我對殺手學弟難以有距離感，即便當時還沒夢見許洛薇的過去，打從剛認識殺手學弟起，我恐怕就已經嗅到他與許洛薇相同的氣味。

減肥變強的契機當然就是葉伯的乩童訓練了，僅僅小學五年級的孩子如何擁有對痛苦與寂寞的非凡忍耐能力以及無視世俗誘惑的漠然？即便葉世蔓的乩童天賦再怎麼出類拔萃，沒有巨大外部壓力也是做不到潛心修煉。

其貌不揚偏偏喜歡同性，被整個世界遺棄的壓力。

明明我也是被冤親債主逼到差點跳樓才開始修行保命，爲何沒對殺手學弟釋放的求救訊號產生同理心呢？我只是同情而已，卻沒有理解他，導致後來學弟漸漸被黑暗呑沒了，而我從來沒有餘力發起足夠的關注。

早知道王爺廟混戰時第一次意外近距離互動後，就該和殺手學弟保持距離，不要變熟就好了，我只能追逐許洛薇的事，學弟太過聰明，一定猜出我的反應會是這樣，爲了和我繼續相處故意表現得更加開朗。

要是沒和我走近，他根本不會產生這些挫折感，在普通人的軌道中，他一定會逐步往上爬成爲勝利組，我很肯定殺手學弟有這份意志與能力。

我們當時的對話是這樣的。

「又矮又胖換成同性戀也一樣，顧好形象，哪天意外出櫃才有人幫忙說話。即使如此，只要某人打定主意要弄你，就算你不在乎自己的缺點，社會上有些人格敗類還是會不擇手段使你吃虧，他們總是有辦法浪費你的時間。」

「唉……也是啦！」過去普通過日子的我就是缺乏這種毅力，才會走比目魚路線，在學校裡能多低調就多低調。

「裝作不在乎，那種人只會暗爽。我呢！早就做好心理準備，哪天有人踩到我的底線，我就會弄回去，最好讓他們看見我就摀著雞雞逃跑。」

「學弟你打算怎麼弄回去？」我顫聲問。

「有的人道貌岸然，卻會私底下找我約砲，異性戀其實滿多人喜歡偶爾換換口味。那些傢伙好像覺得只要我孤立無援，就會乖乖陪他們去廁所，滿足他們某種見不得人的刺激妄想，事後還會乖乖閉嘴。」殺手學弟聳聳肩：「我不能理解這種異性戀的矛盾邏輯，所以進廁所後把他們每個人都揍一頓，再把褲子剝下來塞進馬桶。」

學弟表示他就是在國中時堅持將來只當一號，看多了男人表裡不一的行徑，絕對不會交出主導權還留下把柄給人玩弄，性交位置和主導能力本身就象徵著權力高低。

「眞愛可能存在，但我這種人遇得到眞愛嗎？」他苦澀自問。

無名氏說葉世蔓寧可沉入阿賴耶識，讓更強的自我出來應戰，守護心愛之人，我竟不感到意外。

無法原諒忽略殺手學弟的自己，但爲了對得起葉世蔓的喜歡，蘇晴艾一定得繼續存在才行！

□

凝視熾炭殘焰生悶氣的我，不知哪個瞬間又接上不久前中斷的阿克夏記錄夢境，握著前世爸爸的手，闖進那棟正在開趴的古代木樓。

宛若摩西分開紅海一樣，所有人自動讓出一條路，我與溫千歲古代版順利來到ＤＪ……

講錯，領頭者的座位前方，著孔雀裘的黑髮青年留著一條鬆散長辮，衣襟敞露，肌膚雪白如潮沫，臉頰至肩膀一帶輕輕披垂的長髮漆黑若鏡，額上寶石閃閃發亮，懶洋洋的桃花眼被長菸斗飄散的煙霧罩上一層朦朧。

好一個傾國傾城的美人！

然而，孔雀裘青年一點都不女氣，倒是充分流露出雄性生物的傲慢華麗，在在顯示他的外表乃是爲了求偶與炫耀而生。

「老二，讓讓位子，我有個好主意。」

「呵，把我們的小烏鴉推上舞台，你這是捉弄他還是捉弄我們？」孔雀裘青年倒也沒拒絕，風情萬種地起身，旁邊立刻有人抬上新竹榻，他相了處滿意的看戲位置，在竹香環繞中繼續吞雲吐霧。

孔雀裘青年吐出的二手菸並不刺鼻，帶著淡淡藥香，其實很好聞，而且太好猜了，和無名氏如出一轍的氣質與小動作，他望著我的表情既歡悅又挑釁，充滿攫獲獵物的專注，毫不掩飾他希望獲取眼前之人的注意。

我……好吧這具身體稱呼他老二，對照無名氏對某位「老大」的在意程度，自古以來老大與老二之間總是存在某種微妙競爭，顯然孔雀裘男子就是霸占殺手學弟身體的魔王了——長相果真配得起魔王這個封號！外加無名氏和溫千歲的前世一口氣串上線了，我的老天爺！

「我想讓你們知道爸爸和舅舅的能力不一樣，其中一個是眞正的預言，另一個只是潮汐波濤般，由其他力量推動並在人類之中出現的徵兆。但用嘴巴說你們也不信，所以我們來做個實驗！」那道童稚聲音一邊歡快說著，一邊擠啊擠地把彆扭布衣男子推到孔雀裘青年剛坐過的主座。

我還有舅舅？舅舅又是誰？這前世眞的太囂張了，所有人居然都一副習慣了還超寵溺的態勢，果然我在這團體中親戚背景不小，外加小孩子無敵。我立刻腦補娘家勢力超猛，前世溫千歲爸爸可能是入贅才抬不起頭。爲啥我叫無名氏老二呢？這是他的渾號？這種感覺像是在某個超能力者幫派裡，莫非，我舅舅是老三？

「你要怎麼實驗？」孔雀裘男子又問。

他往布衣男子一望，後者立刻像小媳婦般低頭不語。

我聽見自己的幼嫩聲音像隻燕子飛過穿堂：「你們每個人在紙上寫一句話，讓爸爸當眾讀出來，咱們來看看所謂的『言靈』是怎麼回事。」

孔雀裘男子吐了個煙圈道：「如果那句話是過分的願望呢？」

「那就更有趣了不是嗎？」

畫面又斷了，難道是一口氣夢到兩個人的前世加上ARR超能力殘留電量不足？每次都只有一點點，實在太吊人胃口！

只是一晃神，孔雀裘男子的五官霎時模糊，眼前再度清晰時又是殺手學弟的臉孔，無名氏的表情。要叫他老二嗎？但我還是不知道無名氏除了魔神仔以外的身分，還是先別刺激他好了。那棟木樓裡的男男女女都不是普通人，當然更有可能不是「人」，無名氏獨領風騷，我想二當家妥妥跑不掉了。

神明說，無名氏前世光靠自己的能力就殺了五十萬人，那他身邊的眾人大概殺個幾萬人不在話下，就連溫千歲前世貌似也擁有很可怕的言靈能力，這個組織不得了啊！

「你對魔教其實是前朝皇室成立的地下組織，奉失寵妃子的最小皇子為教主打算逆天造反這個設定有什麼想法？」我刺探地問。

「以武俠小說而言，這設定未免過於俗氣。」無名氏評論。

我又不是中文系！要你管！

「你說自己是混血，那你是在爸爸還是媽媽那一邊的陣營長大？魔族和天人總不會和樂融融吧？」我表面上問的是無名氏，其實是想套出自己和溫千歲前世到底屬於何種陣營，反正不可能是魔族或天人，自古以來混血兒總是兩邊都不待見，魔王和我的前世親人更有可能屬於獨立勢力。

既然前世的我規定無名氏做好事，那支勢力大概偏向正面，但無名氏最後殺了五十萬人，是我的前世死了導致他崩潰發狂，抑或後來發生更悲慘的狀況？

「這可眞是一言難盡。時候差不多了，要一起去嗎？」無名氏對我伸手。

「去你要殺的人那裡嗎？」

「我只說要看某個人死，可沒說我要殺人，你轉生成女人以後也變得多愁善感了。」

我何嘗不想用暴力無腦碾壓？這個時候更想念許洛薇了，她要是知道被我認證爲金牌打手一定很高興！

「好，帶我去。」無論如何無名氏否認他要殺人還是讓我放鬆了一點，但也只有一點，「設計讓目標自找死路」或「求生不得求死不能」肯定更符合無名氏的喜好。

無名氏背對著我蹲下，此刻我對與他身體接觸排斥得不得了，他明知這一點卻還是要捉弄我。

「箱子呢？」

「變得這麼弱是你不好哦！我已經非常自制了，你總得給我一點甜頭。」無名氏半側過身子露出側臉理所當然道。

事關人命，我咬牙忍了！還好不是公主抱，苦的是接觸面積卻比公主抱更大。我將幾樣重要物品塞進口袋，攀上無名氏的背，這個姿勢可以輕易用小刀刺進他的頸動脈。下意識冒出這個念頭，我不寒而慄。

「還是小小一隻。」他隨口發表感想。

目前為止，ARR超能力夢見或發動對象幾乎都是與我有關的人，哪怕再怎麼疏離，總不會是某個與世隔絕的南美洲土著，最直接的證據，範圍都在台灣這座島上，以阿克夏記錄開閱者這個專家認證的世界級超能力來說，樣本落點不尋常地集中。

剛剛我更是一口氣夢見殺手學弟和溫千歲的前世，更早的夢中，滅門血案的被害現場也有某些詭異絲線黏著我，說不定國慶血案和我之間存在著目前還未意識到的關聯。正如雲南深山某個殺千刀的江湖術士，誰知道魂魄居然是我的祖先，還是冤親債主最早的受害者。

冥冥之中，有股力量把我們聚集起來，那股力量不屬於鬼神，而是連神明也一併席捲其中，更加宏大的潮流。如今我會猜測，那就是承載阿克夏記錄的力量之流，單憑現在的我不足以主動目睹全貌，卻依然被離我最近且活生生運轉中的「檔案」吸引，那些檔案不只在大氣層外的宇宙太空飄流，還存在我身邊的人鬼魂魄深處——阿賴耶識。

憑這股趨勢判斷，無名氏盯上欲其死的目標，大概不會與我完全無關，反過來說，與我有關的某個人即將會死，這樣一想我全身雞皮疙瘩都鬧革命了。

黎明前的深夜，完全看不到任何星月，整座森林黑得嚇人，除此之外還靜得出奇。

白娘子提著燈籠在前方開路，密林老樹之中還有些模糊光暈遠遠徘徊，似警戒又似監視。無名氏與白娘子並非行走在地面上，更多時候，白娘子會鋪展蛇軀作爲空中棧道讓無名氏踏足，或者伸出尾巴充當把手將人提上去，我就這樣被他揹著，化身爲忍者在樹幹與岩石中穿梭前進，好幾次腳尖掠過冰冷的深潭水面，即便遇到需要攀爬陡降的落差，有白娘子在也像搭乘電扶梯。

我趴在無名氏背上狂亂推理，快死的到底是誰？無名氏一步一腳印打算看戲去，當然他也有可能這樣下山，不過從情境判斷目標應該還在山裡。目前我在山裡的熟識就是刑玉陽和葉伯，如果把另一座大山的主將學長算進來，「活人」總共有三個。

若說哪一個最可能面臨生命危險，怎麼想都是正在抓退伍特種兵殺人犯的主將學長！而我這兩天被搬來搬去早就不知距離加羅湖多遠了，搞不好離南湖大山還比較近。

快被焦慮淹沒了，我卻只能走一步算一步，真想用媽祖娘娘的小刀戳在無名氏屁股上，反正不會死。

「你安靜太久了，在想什麼？」無名氏問我。

兩人一蛇小隊暫時走入一條不需攀上爬下的獸徑，無名氏多了點餘裕與我閒嗑牙。

「在想天界要封印你，是不是眞的因爲你殺了五十萬個人？人類自相殘殺早就超過五十萬了，也沒看過雷公劈死某些政治人物。」我隨口搪塞。

「怎麼可能？當然是切身利益相關。」

「我想也是。」

「魔族也是從神人墮落而來，神人是古神產物，最初的神人都具有非常特殊的能力，即便血統被稀釋的後代偶爾也能擁有祖先天賦，比起『說』，天界更害怕我在『聽』方面的能力。」

「就像我的ARR超能力嗎？另外你等於綜合了兩個神人的血統。」我稍微有點理解了，無名氏作爲老二，我是他的上級，我與他的能力能造成的威脅性一定很接近。

「我能聽見生死海中被業力帶動的『緣』，並從聲音判斷某個存在的業障程度是多是寡，是緊是鬆，何時達到負載極限，從人類角度看就是某個神明的末路，只是對我來說沒那麼崇高。還記得天人五衰嗎？」

「我讀過，天人福報用完了也是會生病衰弱死掉然後投胎成其他生物。」我的前世搞不好可以直接看見神明下場，而無名氏能聽見，都是天界敏感機密，身爲超級雷達簡直是被滅口的高危險族群。

「更何況天界不只有天人，現在大多都不是原生種了，就是現代人常說的修道修仙飛升上去的雜魚。」無名氏親切地補充解釋。

連飛升都沒有，只能在地上當神明的算什麼？我不安地類比。

「一旦天界被你的預言攪翻了，人間也會跟著大亂，是這種意思？」

「想想你要是夢見美國總統何時會死，對有心人士來說操作空間可大了。」無名氏笑道。

所以我這輩子都不想參加神祕組織，危險又麻煩。

「就算天界讓你閉嘴，該發生的還是會發生，不就掩耳盜鈴？」

「的確最終都會發生，然則變數不但存在，而且很多種。比如說，人類終究會死，但活二十九歲和活九十九歲怎麼可能一樣？」

「你說得好像命運會改變一樣？」

「親眼見過命運，就知道命運發生時會與事前估算有些差異，大方向上卻不會更動，河流每年有些變化或許不如預期，卻無論如何也不會逆流，水花終將回歸大海，所謂的緣分就是這種道路，『你』就是最好的證明。」

「我是只能活二十九歲的那種？你聽診過我的末路了？」

他沒回答我這個問題。

我的確很難想像自己長命百歲的畫面，然而一下子被預告壽命只剩五年也高興不起來，自個兒心裡有數，不斷透支極限和冤親債主以及惡鬼怪物鬥下去，還能活五年都可說天賦異稟了。

「我剛剛可不是默認，只是在思考。」無名氏欲蓋彌彰地說。

「那個會死掉的人和我的變數有關嗎？」

「雖然歡迎你旁觀，但我可不想讓你插手，你從以前就很會搞事。乖乖看著吧！」

「還有一個問題，那個『老大』是什麼樣的人？不敢說就是你怕了。」雖然是很沒水準的激將法，但我有預感會管用。

無名氏果然沒遲疑太久就開始黑那個所謂的老大。「若說那隻許洛薇是貓，老大就是……」

「狗？」在我一聲令下負責咬魔王屁股的忠犬嗎？妄想令我飛揚。

「錯，是鱸鰻。」

「這什麼比喻！」我傻眼。

「專門棲息角落縫隙，陰沉、貪婪、孤癖又凶猛的冷血動物，纏住就不放手，喜歡將獵物吞進肚子裡，獨占慾強，性格超差。」明明不想給線索，一旦開噴還是欲罷不能，無名氏這段評論充滿發自內心的眞誠，恐怕忍很久了。

聽起來是我避之唯恐不及的類型，身邊有這種人嗎？唔，好像眞的有一個。

「戴佳琬？」她對我的確有股不講理的執著，論變態程度更足以和無名氏分庭抗禮，但我不覺得自己跟她有那麼深的緣分。

「啥？不是她！」頓了頓，他自言自語：「不小心說漏嘴了。」

無名氏反駁得太快，語氣嫌惡，顯然不喜我拿戴佳琬與老大相提並論，可見老大在他心目中地位不低，眞是愛吃又愛嫌。

就著揹負姿勢，我看不見無名氏的表情，似乎有點明白他的企圖，即便無法改變命運流向，他還是打算在水流裡投下石頭，製造小小的變數。

我沒問無名氏，他想要的變數是讓蘇晴艾活得更久抑或早日去世？

這個捉摸不清的魔王，他所執著的對象更加模糊難懂。

Chapter 10 / 因果循環

黎明前的溪溝陰森潮溼，亂石堆壘如怪獸牙齒，霧氣中彷彿有道視線如影隨形，無名氏選了一棵大楠木分岔枝幹棲坐，我被迫坐在他腿上，魔王手上只差沒抱著一桶爆米花。

天色微亮，黑暗中逐漸浮現萬物輪廓，我評估這濃得不尋常的霧氣，恐怕日出之後這處小山澗依舊陰暗，此外，現場充滿似曾相識的氣息。

白霧若有生命順著楠木主幹往上爬，白娘子像一條皮帶盤繞在我和無名氏下方，眼看蟒精就要被白霧淹過了，白娘子還死撐不肯求救，我忍不住用力捏了下無名氏的大腿。

魔王發出一聲悶哼。

「是白峰主大人嗎？」最後是我看不下去出聲替白娘子解圍，再者我也想確認自己直覺猜測是否正確。

白霧中浮現一雙青金色蛇眼，和當初封印地下室偏向妖異的渾濁泛綠相比澄澈許多，已能看見昔日風采的山神之眸，和黑山主金綠眸色有些差異，卻同樣碩大駭人，亦美得驚人，霧氣漸漸聚成巨大蛇頭形狀，可以連人帶樹吞的尺寸。

「汝等為何來此？」白峰主還不知道後院失火。

「我和學姊來找阿公，從黑山主那兒聽說任務的事，和擔心您安危的白娘子過來想助您一臂之力。」魔王駕輕就熟扮演現世人格，無視在他懷裡目眥欲裂忍住不吐口水的我。

「不需要。」

山神大大您可以不要那麼好騙嗎？這鳥魔王甚至還沒動用神通力。

白峰主看來是一接到任務文書就到這裡定點蹲守，霧氣連石頭下都滲進去了，一旦踏入這處場域，等同落入白峰主支配，魔王的作弊能力另當別論。我和殺手學弟算是有恩於這個存在，忽然闖入白峰主埋伏區域，蛇靈就算有點不高興還是沒有怪罪的意思。

「待著別動。」

白峰主這句話透露事情即將發生，沒趕人是不想關鍵時刻節外生枝，不如將我們確保起來，別妨礙自己辦事更好。

白霧蛇靈叮囑後又散開化爲自然景觀，眞是無懈可擊的僞裝，白娘子也被名義上司命令縮小鑽進樹洞裡避人耳目。

那個將死之人和白峰主的任務有關？「怎麼回事？」我小聲問無名氏。

「乖乖看著，順利的話就是win-win。」

異世界古人撂啥英文啦！此刻我也只能以靜待動，觀察情況發展再說。

過了一會兒，溪谷傳來兩道窸窣聲，接著出現晃動的頭燈光線，隔著一段距離看不清長相，從身形判斷是一個強壯敏捷的男人與握著樹枝當拐杖、動作遲緩的少女。

我的腦袋不到半秒就跑出男人眞實身分——滅門凶手劉君豪！他旁邊的少女鐵定就是被綁架的立委女兒陳宓了！

劉君豪在前方開路，陳宓沉默服從綁架犯指示，彼此已在數日來的逃亡中培養出默契，從兩人出現的時間點與裝扮判斷，他們居然在沒有路徑的深山中摸黑下切溪谷？劉君豪果然瘋了。

人質還活著。我首先想到這個令人欣喜的重點，隨即靈機一動，既然是媽祖娘娘發出的任務，肯定就是救人啦！

等等，娘娘上個月底就發公文給葉伯，到今天滅門血案才過去一週，這不就表示，媽祖娘娘早知劉君豪會鑄下大錯卻沒阻止？假使神明不干預人類犯罪，爲何特地出動一個山神來救立委女兒？

明明還有許多疑惑，此刻也無法管這麼多，救人要緊！我緊盯著白峰主的下一步，竭力和周遭融爲一體。

「不用那麼緊張也可以，那男人和蛇『聽不見』我們說話。」無名氏開口施加暗示。

眞方便的神通，不知會不會像我的ARR超能力，對使用者肉體造成負擔？慢且！無名氏任性亂用能力搞不好會害殺手學弟早死!?

「不許再用那個催眠力量了！」現在方知大家喝止我使用超能力的憂慮緊張，嗚呼！

無名氏用指尖在耳朵旁繞圈圈，表示耳邊風吹不進去，氣煞人也！原來在親友眼中我也這麼欠揍嗎？

我無意識抓抓手臂，捲起袖子發現蕁麻疹又發作了，通常是到了陰氣濃厚處才有的過敏，現在可是處於靈氣充沛的山中，旁邊還有一尊山神，髒東西理應不敢靠近才對，奇怪？

過了幾秒，我才發現陰氣來源是劉君豪，閉上眼睛不看這個人的話，前方簡直就像有輛載滿屍體的垃圾車正緩緩駛來，又濕又熱，淌流著難以言喻的腐臭膿漿，噁心到極點反而麻痺了。

「原來是他，還是那麼衝動無腦。」無名氏用下巴壓著我的頭頂說。

「你該不會認識劉君豪的前世？」我用力往上頂以免被他壓下去，前世的自己到底造了多少孽才會被這傢伙纏上？

「應該說你不認識才可笑，反正只是條雜魚，不重要。」無名氏更加用力地壓回來，就是不肯透露。

「我又不是達賴喇嘛。」我哼哼。

「那是誰？」

只有這種時候特別有感無名氏不是現代人，我無語問蒼天。

白峰主暫時沒動靜，我想不透，即便因故墮落退化，到底還是山神，實力擺在那裡，有必要對區區人類凶手小心戒慎嗎？白峰主在等出手時機，我則忽視魔王無聊的騷擾專心觀察劉君豪和陳宓互動。

仔細想想就知道，白峰主才因爲咒殺人類險些墮落成妖孽，就算是媽祖娘娘委託白峰主救陳宓，也不可能一尾巴打死劉君豪。但還是有許多辦法嘛！比如動用黑山主的遮眼幻覺趁機把人救走之類不也很好？白峰主何必遲疑？難道連驅使幻覺的能力也退化了？

「白峰主不能隨便對活人動手，他會怎麼做？」既然魔王都對四周消音，我不客氣問出口。

「最好是活人自己解決。」無名氏的回答令我想起殺手學弟也說過一樣的話，看來這就是神明介入人類紛爭的公式了。

「等等？你的意思難道是要讓陳宓反擊劉君豪？怎麼可能？」別說我練過七年柔道，眞正遇到危險時經常還是肉腳，正値壯年的劉君豪戰鬥資歷連警方都得派高手隊伍圍捕，再說從動作看起來劉君豪無病無傷體力還好著呢！

他發出一聲輕笑。「怎麼不可能？讓他滑一跤撞到頭，小女孩只需從遍地石塊裡挑顆順手的，也不需砸死，砸爛雙眼不算殺人囉！」

好一個出壞主意比呼吸還順暢的教唆犯！我大開眼界。

還不如無名氏點名凶手秒睡，我們趁機把陳宓撈走，簡單又安全。不過，這是媽祖娘娘和大山神給白峰主改過自新的考驗，恐怕解救手段才是評分重點。亂入卻把事情搞砸難保會被戀弟的黑山主詛咒一輩子，我不希望無名氏再動用能力，邊笑邊吐血這種事他是真的幹得出來。

無名氏選的這棵樹能將整體情況收入眼底。劉君豪將陳宓留在溪谷底部，自個兒往上走，陳宓則脫下右腳登山靴，將腳踝泡在冰冷溪水裡。從少女僵硬的肢體動作判斷，她應是在強行軍中扭傷腳了，倘若陳宓傷勢沒好轉，劉君豪基本上無法再帶她逃亡。

劉君豪打算拋下她，還是去替她採草藥療傷？都逃到這種直升機進不來的深谷，還要替人質張羅吃喝，劉君豪堅持帶著陳宓這點讓人搞不懂，陳宓只是他女兒的朋友，照片模樣很普通，不是讓人見色起意的類型，然而精神失常的人行事無法預測。

劉君豪沒走遠，他找到一處制高點，爬上樹幹躲在一叢大鳥巢蕨後關掉頭燈，殘留的夜色與濃霧立刻吞沒他的身影。我赫然明白，這個退伍特種兵將人質布置成陷阱！

過了一會兒，又有一盞頭燈在樹林中若隱若現，追兵幾乎是一露出身影我就認出來了，除了主將學長還會有誰！

半分鐘後……怎麼只有他一個人？是民間搜索小組其他隊員腳程太慢？不對，主將學長不是冒進的性格，再說刑玉陽認證過他不擅長登山，速度絕對不可能凌駕立委專門聘來搜山的民間專家，更不會無故落單，那就是搜救隊伍出事了？

正常警察缺乏後援時會選擇撤退，但那是指一般人，只差一步就能追上，或許能逼凶手放棄人質加速逃亡，換成主將學長的確有可能繼續施壓，此刻他正冒險接近凶手，一步一步走向劉君豪設下的陷阱。

「我是警察，沒事了。妳受傷了嗎？」主將學長此刻沒穿制服，他對陳宓展示證件，用意在取得陳宓信任。

陳宓知道劉君豪躲起來準備偷襲主將學長，她為何沒有警告他？是太過害怕？

劉君豪趁主將學長低頭確認踏點的瞬間稍微探了出來，手裡拿著彈弓拉開橡皮瞄準。

刑玉陽曾經示範彈弓這種容易攜帶又沒有管制問題的武器可怕之處，小鋼珠輕易便能打穿鋁罐。劉君豪入山前肯定考慮過對付追兵和打獵的問題，更可能是個彈弓老手了，主將學長的頭燈就是最好的靶心！

彈弓也許無法一擊必殺，卻能削弱主將學長的戰力，實戰中有拿武器絕對占便宜，主將學長在靠近劉君豪的過程中不知還要吃幾顆彈丸，萬一被打中眼睛要害可是會失明的，何況劉君豪本身近戰能力才是最大的威脅！

我按捺不住就要警告主將學長，卻被無名氏摀住嘴。

「我忘了，你就算大叫他也聽不到。」無名氏明明這麼說，卻是要放不放的，只要我一吸氣準備叫就蓋住我的嘴巴。

我惡向膽邊生，使勁往無名氏手指咬下，他嗷了一聲，我趁機朝主將學長大叫：「有埋伏！關頭燈！他用彈弓！」

說時遲那時快，劉君豪也在這時發射彈丸，主將學長往地上一滾，鋼珠擊中石頭，發出「啪」的聲響，勁道不小，頭燈光芒一閃而滅，只剩下陳宓的燈光，她仍像一具鑲燈木偶，坐在枯木上動也不動。

溪谷已有些亮度，地面霧氣未散，依稀能看見主將學長身形，至少不像剛才那麼好狙擊。主將學長也不是吃素的，他翻滾同時關掉頭燈，迅速與攻擊方向拉開距離，彈弓這種靠人力發射的武器，距離一長，威力就大幅下降了，和彈弓玩家從小混到大的主將學長很清楚這一點。

「砰！」主將學長朝天開了一槍警告。

樹上沒動靜，劉君豪拒絕投降。

「嘖，他竟聽見了。」無名氏並未錯過主將學長在劉君豪發射彈丸前就先聽到我的聲音做出迴避動作的細小時間差。

「既然白峰主打算讓活人先自己解決，我去幫主將學長！」我說。

「不許——!?」

我瘋狂掙扎時不慎用力誤按無名氏重要部位，他倒抽一口冷氣，身體往旁邊歪倒，我趁機推開他直接跳下去，同時大吼：「白娘子接住我！」

下一秒我掉到一大團柔韌強壯的蛇身上，順勢滾了一圈落地，眼前滿是金星，沒有受傷，只是目前太虛弱了，手腳並用爬了好幾步才站起來。

主將學長叫我別輕舉妄動，但我有更好的辦法。

「學長你盯緊劉君豪，我先把陳宓帶到安全位置，你們要打再打。」主將學長肯定顧忌人質，至少我能替他減少麻煩，再說陳宓可是白峰主的任務目標呢！

「劉君豪，你要是敢再攻擊，我會直接對著你開槍！」主將學長就是務實，跳過我為何會亂入現場的奇幻畫面，直接指示。「小艾行動！」

「收到！」我倒是不怕被彈丸打，白峰主正盯著呢！再說我用手臂護著後腦和眼部等要害，肉多的地方被打到反正不會死。

我也想像忍者一樣很帥地衝過去，可惜礙於體力枯竭只能安步當車接近陳宓。事到如今，劉君豪也清楚人質保不住，總之他沒偷襲我或對我威嚇射擊浪費子彈，我趁機拉起陳宓遠離劉君豪射程，她則失魂落魄被我拖著走。

我們每走一步，周遭霧氣就變濃一分，我暗讚白峰主應援得宜。

經過主將學長時，我忍不住暫停看著他的側臉。

主將學長仍盯著劉君豪藏身的鳥巢蕨不敢大意，開口問：「眞的是妳嗎？小艾。」

「欸，因爲神明加妖怪的複雜問題，總之我被超自然力量搬到這附近了。學長你那邊怎麼了，怎麼剩你一個？」

「團隊莫名其妙內鬨，一個受傷一個精神失常，其他人護送他們下山，我留守營地時剛好堵到劉君豪。」主將學長也很無奈。

□

細節是後來向學長們確認的，當時我也只能給出「大宇宙意志幹的」這個結論。

翻開行政地圖，你會看見宜蘭縣南澳鄉北邊鄉界本身就是一條有著寬稜可供通行遷徙的道路，行政區劃分往往和水文地理等天然界線有關，即使不登山的人都能簡單從地圖上發現加羅湖到南湖北山之間有一條隱藏路線。

這條縱走路線雖沒有明確路跡，懂得讀地圖判定方位的老練登山者還是不難找出安全路線前進，健腳約四天就可以走完，也是刑玉陽建議主將學長搜尋的方向，因爲如果是他被通緝就會這麼躲，何況是從軍期間受過嚴酷山訓雪訓的劉君豪，新聞報導指出國慶血案凶手退伍後也還是個維持自主訓練添購各種裝備的軍事迷。

刑玉陽懷疑劉君豪根本不打算在南湖大山和警方玩躲貓貓，他會下降到冷門中級山進行長期抗戰，補給來源則以加羅湖爲中繼站再瞄準太平山森林遊樂區或鄰近農戶。換言之，其實我們這次上山尋找葉伯的行動潛藏著和國慶血案凶手強碰的可能性，只是機率很小，刑玉陽不打算說出來。

主將學長率領的小隊裡也有人提出南湖北稜——加羅湖的相同估測，然而此路線遠遠超出警方搜索範圍，官方專案小組沒人相信劉君豪會帶著人質在十月冒險走這條高難度路線。這時民間高手派上用場了，選擇不同冷僻路線的還有其他自組小隊，但主將學長這支隊伍就是專門以加羅湖爲終點展開搜索。

就在前天傍晚，主將學長隊疑似發現劉君豪與陳宓最新蹤跡，正要回報時，臨時組成的隊伍裡互看不順眼的兩名隊員爆發嚴重衝突，古怪內鬨導致有人受傷後，照理說必須全員撤退，透過衛星電話聯繫後援，立委卻聲淚俱下保證他會立刻用直升機運來替補隊員，請主將學長追查到底。

儘管還不確定找到的新痕跡是山老鼠或凶手遺留，頭都洗下去了，主將學長只好答應，他倒是不怕單獨留守。另一方面，的確快被追上的劉君豪反守為攻，趁主將學長落單潛進營地，打算製造山難然後拿走補給品，可惜在營地撲了個空。

原來主將學長也打算誘蛇出洞，拿了自己那份裝備躲起來，卻在補眠時和劉君豪錯過。確認營地食物被偷後，他推測若是劉君豪所為，陳宓必然在不遠處，救人心切還是沿途留下指標追上去了。

野外行動上劉君豪雖技高一籌，卻帶著累贅，硬是被主將學長縮短距離打亂節奏，好幾次差點遭逮，就是這麼緊張的拉鋸戰，導致主將學長無法縮手。

直到進入這處小溪溝，主將學長雖懷疑過是陷阱，客觀來看更有可能凶手受不了決定丟掉人質獨善其身，再不拉開距離，劉君豪等於就是主將學長的登山嚮導了，先用光體力的絕對不是警察這邊。

「妳還好嗎？」一股腦兒將陳宓帶離劉君豪射擊範圍，我這時才能鬆口氣仔細端詳她的情況。少女神情恍惚，臉色慘白，儘管不願意，我不得不猜測她在遭綁過程中受到性侵的可能。

「救……救……」她握著我的手指低聲囁嚅。
「妳安全了，大家來救妳了。」
「救救……他……他不……不是壞人……」
「妳是說救劉君豪？」我不敢置信確認：「妳只是被他威脅，被迫產生必須依賴他才能活下去的錯覺而已。」
陳宓垂著臉搖頭。
「好吧！他也有可能是個病人，不管怎麼說他已經造成公共危險了，還是早點把他交給警方比較好。」陳宓顯然需要心理輔導，我順著她的話安撫對方。
「妳不懂……不要讓那個警察靠近他！警察有槍！」陳宓猛然抓住我的手臂，指甲掐得我發疼。
「學長他不會隨便開槍啦！」
「不是這樣！我……啊……」她顛三倒四表達失序，只能低叫著語焉不詳。
我幾乎肯定她受過極大的折磨，此刻的陳宓讓我想起當初躲在精神病院裡，還活著的戴佳琬，劉君豪凌虐過這個女孩。
「主將學長！快點抓住他！」我怒火攻心。

劉君豪等同甕中之鱉，但要生擒他還是頗具難度，此刻他正擺出不惜中彈也不妥協的消極姿態。我往大楠樹上回頭一望，無名氏不知去哪兒了，躲起來準備偷襲？

主將學長認眞瞄準劉君豪腿腳位置打算再開一槍警告，躲在樹上的犯人卻猛然一晃失去平衡掉了下來。發生什麼事了？主將學長都還沒扣扳機呢！

劉君豪滾了幾圈，面朝下趴臥不動，他的著地姿勢很漂亮，雖然底下很多石頭免不了碰撞皮肉傷，要害絕對都護住了，我疑心又是陷阱，這傢伙可是有柔道二段。

主將學長把槍放在石頭上，吩咐我幫忙看著，徒手走向疑似失去意識的犯人。比近戰的話，主將學長也是幹掉柔道奧運選手的民間BOSS，貼身搏鬥時槍枝不占優勢，反而有擊中自己的風險，主將學長還是認爲純手工更可靠。

「小心他藏小刀！」我雞婆地提醒一天到晚都在和刑玉陽玩奪刀與反奪刀的主將學長。

主將學長搖搖手要我放心，這時後方樹叢傳出響動，主將學長腳步頓止，我的心臟差點跳出喉嚨，接著大樹上方小懸崖後冒出熟悉的人影，手裡一樣拎著彈弓，完美演繹螳螂捕蟬，黃雀在後的道理。

「刑學長！」我揉揉眼睛，不是幻覺。

「我打中他後腦勺了，還是不能大意。」刑玉陽駕輕就熟攀著樹根與石頭降落溪溝，沒浪費時間直接說重點。「白犬和許洛薇在附近擋住黑山主，讓我先過來看看情況。」

也就是說，不遠處怪獸們正在混戰？

主將學長點頭，正要對劉君豪上銬搜身，陳宓淒厲的尖叫差點害我耳聾。

「不要——」

她的聲音中有股凌駕言語的恐慌，刑玉陽當然早就開了白眼，確定沒問題才現身，我還是覺得現場說不出的毛骨悚然。

「刑學長，確定劉君豪只有一盞心燈嗎？」我隔空大喊問。

「他的心燈早就滅了，否則也不會謀殺妻女，我看不見任何光亮。」刑玉陽冷冷地說。

有個問題忽然竄上心頭，倘若另一個心燈熄滅的鬼魂上了劉君豪的身，豈不是連刑玉陽都看不出來？

只是小小的遲疑，劉君豪不知何時雙手按地縮起大腿，腳尖用力一蹬，撲向主將學長。主將學長正要趁勢抓住他摔倒，刑玉陽卻用力朝犯人腰部一踢，生生將他從主將學長指尖前踹開。

再度摔倒的劉君豪四肢扭曲抽搐，簡直像正在喪屍化。

「蘇小艾，有沒有淨水？」刑玉陽吼道。

「有！」我趕緊拿出懷裡唯一的寶特瓶跑過去。

跑到一半刑玉陽嫌太慢，乾脆讓我扔過去，他接住淨鹽水後直接往劉君豪嘴裡灌，後者翻白眼全身僵直，明顯不對勁。淨鹽水畢竟是鹽水，催吐效果照理說很好，劉君豪居然沒反應？漢人神明的神水在山裡被迫打折了？

「陳宓，放下槍。」主將學長隱含怒氣地低喝。

我跟著轉頭，少女不知何時撿起主將學長暫放在一旁的佩槍指著我們。

「沒事，她應該不懂得開保險吧？」我保持樂觀。

「不，她開了。」我們忙著對劉君豪驅邪時，難爲主將學長還能分神注意周遭。

現代高中女生到底都學了些什麼？

「把他的手機給我！叫那女生丟過來！」陳宓全身發抖激動地說，我超怕她不小心開火。

刑玉陽找到劉君豪的手機，看也不看交給我，陳宓又在此時催促，完全沒有剛才麻木畏縮的樣子。

「手機給妳了，接好！」我照她所說，在距離還有十來步的位置將手機扔過去。她小心翼翼單手持槍繼續瞄準我們，空出一隻手蹲跪撿起手機，接著她竟將劉君豪的手機解鎖了，似在尋找某些檔案，手指非常用力地按了幾下，彷彿要把手機按穿。

同為女性的直覺，我忽然想通她在刪除某些不堪入目的影片，只是不懂人質怎會忽然懂得用槍與解鎖這些特務技能？

「如妳所願，可以放下槍了吧？」我柔聲避免激怒她。

接著陳宓卻對手機連開數槍，直到打光子彈，手機變成一堆碎片，確定資料救不回來。這一連串舉止顯示出這個少女其實很清醒，她非常明白自己在做什麼。

陳宓愣愣望著手機殘骸，如同斷線木偶般拋下槍跪坐在地，崩潰地哇哇大哭。這時我總算敢躡手躡腳靠近她，撿起手槍收好。

「真的沒事了，妳是安全的。」如果這時的我知道陳宓刪除的影片內容與她為何打空子彈的理由，就不會這麼說了。

刑玉陽取過主將學長的手銬，反剪劉君豪雙手牢牢銬住，至少確定他無法再作怪了。

「鎮邦，你別碰，這人身上的邪穢連淨鹽水和大山靈氣都壓不住。」刑玉陽警告。

刑玉陽不愧是大神轉世，從來沒被附身過，難怪他不讓主將學長碰到劉君豪。

天亮了，霧氣依然沒散，這會兒不該輪到白峰主大顯身手了嗎？

「衛星手機沒訊號。」主將學長本想呼叫空中支援。

他還不知道自己正被白蛇山神圈在中間，旁邊還有好幾隻在亂鬥，都是些巨大能量體，收得到訊號才怪！

「先移動到能發出訊號的地點？」主將學長問刑玉陽意見。

「慢點，事情不單純。」刑玉陽知道白峰主有任務在身，不相信這麼簡單就能收工。「蘇小艾，葉世蔓呢？」

葉伯沒跟刑玉陽說魔王覺醒的事嗎？還是刑玉陽先醒轉，葉伯尚在昏睡？刑玉陽單顆靈眼雖然看得到朦朧魂魄型態，要能自在溝通還是得用元神親親渡氣才行，顯然刑玉陽毫無意願對山神提升白眼溝通範圍。

「我和學弟走散了。」殺手學弟正迷失在阿賴耶識中，我可不希望刑玉陽跟著覺醒成陌生神明又來一場大戰，魔王你既然搞消失就給我認眞保持低調！

我選擇性忽略無名氏更可能是被蘇晴艾誤擊要害，只好到旁邊痛完才返回現場。

「說謊不好哦！」那道聲音出現在陳宓正後方，接著白霧像被青年聲音撕裂般露出無名氏的身影。修長手指輕輕勒住少女纖細頸項，無名氏揚起魔性微笑：「我說過了，今天這裡還得死一個人，在結局出現前，你們誰也別想走。」

這下好了，有長眼睛的人都不會把魔王和葉世蔓搞混。

「你是誰？」刑玉陽果然第一個發難。

「我也想知道你究竟是誰？眼睛……不，那種透明閃爍的顏色挺稀有的。」無名氏興致盎然道。

我冷汗爬滿背，無名氏果然沒被白眼迷惑，刑玉陽一發動能力，他就看出白眼的本質和刑玉陽魂魄其他部位毫無差異。

「這傢伙不是外道附身，蘇小艾！妳在隱瞞什麼？」刑玉陽不顧外人在場，直接亮白眼發飆。

「他是學弟的前世，算同一個人啦！葉世蔓憂鬱自卑逃避現實就把他叫出來了！他就是媽祖娘娘和葉伯想封印的魔王！還有刑學長你到底是不是天上轉世來對付葉世蔓的？我真的很煩惱！你好歹給個說法！」我受不了了乾脆投出直球。

「我不記得接過那種指令。」刑玉陽瞪我。

「他要誰死？」主將學長快步走到我身後，帶著我往刑玉陽靠攏，不讓我離無名氏太近。

「劉君豪吧？魔王好像能認出大家的前世，那傢伙才是被附身，前世聽說和我有關。」無名氏認為劉君豪的死可以改變我的命運，雖然我想不通為啥有關，但這事還是暫時保密來得好。

「我不是魔王，人類這麼好殺，根本彰顯不出一個魔族的實力，遑論其中稱王的佼佼者。」無名氏聽見我們竊竊私語，好興致地澄清。

「地球人說的魔王通常是指卡通或奇幻故事裡的反派老大，差不多知道意思就好。」我隔空嘴回去。

「妳和劉君豪有關係？」主將學長看向明顯就是中邪的凶手，一臉莫名其妙。

「眞的沒頭緒，可是我夢見國慶血案的命案現場了，這些事背後應該存在某種關聯。溫千歲倒是說過我前世債主很多，大概這人也算一個。」說到附身就想到冤親債主，但劉君豪散發的腐敗氣味遠超過冤親債主。再說，現在的蘇福全殺人扣打有限，每附身殺一人，他就得承受一次死亡衝擊，揹負更多業障，我的冤親債主作爲完整人魂的念力和意識快崩潰了，鬼也會死，變成一種無法投胎也沒有思想人格的籽渣「魙」，蘇福全不來殺我去整一個路人幹啥？

我把這個想法告訴學長們。

「上這傢伙身的是蘇福全嗎？」刑玉陽這句話實在太恐怖了，他用白眼似乎看不出所以然，只能從我的靈異關係網推測。

「就是附身過我的那隻惡鬼？小艾的祖先？」主將學長折了折手指，發出喀喀聲。

「你被附身那時我也在現場，感覺還是不太一樣，除非他離開宿主，否則我會被肉身和當事者魂魄干擾看不清楚，至少這個惡鬼心燈熄滅，和蘇亭山一樣。蘇小艾，這是你們家族特色？而且劉君豪的魂魄也不正常，我還是第一次看見活人魂魄出現這種污穢程度，簡直就是大屠殺屍坑。」刑玉陽望向倒臥在地的壯年男子同時也非常警戒。

「要怎麼把那隻鬼逼出來？淨鹽水無效而且用完了。」我試著將手掌圈在嘴邊當喇叭，對四周山林呼喚：「白峰主大人？」

白霧在四周形成一圈霧牆，如漩渦般緩緩轉動，白峰主偏偏就是不回答我，我只好轉向知曉內情的無名氏。

「你打算欣賞劉君豪身上那隻惡鬼虐死他？」我質問魔王。

「然也。」

「上他身的惡鬼到底是不是蘇福全？」我直覺排除戴佳琬，就算是半甕且瘋狂的她，也絕對不會綁架侵犯高中女生，遭性侵懷孕憤而自盡的戴佳琬對男性性暴力異常敏感，此外，戴佳琬附身後會操控受害者直接自殘，非常好認的犯罪簽名。

「你猜。」無名氏仍卡著陳宓脖子，少女滿臉淚水，傻傻地望著我們。

「裝逼永遠是傻逼的末期症狀。」無名氏背後迷霧響起嬌俏女聲，接著三層樓高的貓身探出霧氣，角翼貓咧出滿是惡意的笑臉，低頭以尖角指著無名氏背後。

白娘子立刻竄向妖化的許洛薇，卻被她一口咬住，貓掌靈巧地朝無名氏拍去，直接打飛魔王，陳宓同時飄了起來，被許洛薇以念力放在附近的大樹上，少女嚇得緊抱樹身。

「薔薇風暴毀滅天使參上！」

「沒有人想知道妳自己取的中二綽號好嗎？」我大叫。「那是學弟的身體，小心一點！」

「所以人家只是用肉球輕輕拍一下，換成爪子的話內臟和脊椎會一起飛出來唷！」許洛薇此刻說話帶著令我感到陌生的邪氣。

以前她的邪氣只是可愛，此刻的玫瑰公主卻流露某種令人毛骨悚然的本質，比起人類更像一頭具有智慧的強大異類。

無名氏在撞上樹幹前凌空調整重心，同時用腳抵銷衝擊，一個前空翻恢復站姿，完全是電影畫面！總覺得他很習慣這種攻擊了。

「放開我！Master——那是什麼？妳流口水？」白娘子的呼喊到後面變了調。

「薇薇！不能吃白娘子！」我趕緊勸阻。

「我真的是忍很久了，看在小艾和大山神的面子上。」許洛薇叼著白娘子語焉不詳，末了還是可惜地將蛇妖吐到一邊。

「妳是不是變得比覺醒那時還要大？」我得仰頭看她，脖子很痠。

「好像是喔，這樣打架比較方便，想著想著就變大了。」許洛薇說。

「黑山主那邊如何了？」

「僵持不下，我提議休戰，黑黑和犬神待在外圍不妨礙我們，我進來幫你們也不能妨礙白白出任務，有必要就幫忙，大家互相。」許洛薇對我眨眨眼睛。

至少白峰主沒阻擋許洛薇溜進他的領域，這就是默許的意思了。

說到底，媽祖娘娘的任務怎樣才算了結呢？我剋魔王，魔王剋大家，刑玉陽沒覺醒前都是人類，看來癥結點在於劉君豪的死活。我對神明喜好還是有那麼點認識的，不管哪裡的神明都會選擇清除外來污穢，雙手沾滿至親鮮血的劉君豪和他身上惡鬼絕對屬於山神首要排除目標。

排除有很多種，黑山主就暗示過，適者生存也是其中一種。

「劉君豪必須活著移送法辦。」主將學長表態不容商量。

「我也是這麼想。」我立刻附議。

「廢話。」刑玉陽瞪著無名氏說。

「你們不聽聽受害者的意見？倘若有機會選擇，她會希望劉君豪獲得什麼下場？或許我心情好願意幫她呢？」無名氏拍拍肩膀說。

許洛薇直接叼住陳宓放到我們之中，少女則是完全嚇傻了。

「我們現在被許多股靈異力量困住了，我得知道妳和劉君豪這段期間到底發生什麼事，爲何媽祖娘娘的任務目標是你們，把妳知道的都說出來。」刑玉陽強硬道。

我留意到刑玉陽說了「你們」，表示他認爲劉君豪也是任務的一環？的確，這種嚴重邪祟代表國慶血案不可能是單純人類犯罪。

「妳看得見那隻怪貓，所以妳應該看過劉君豪身上那隻鬼對吧？」我從另一種角度戳破陳宓的祕密，想確定一個人是否具備陰陽眼，觀察她有沒有和許洛薇對上眼就知道了。

陳宓打從被放到樹上起，一直不敢置信地盯著許洛薇。

「那隻惡鬼逼他綁架我，說要我當鬼新娘……我本來以爲他瘋了，」陳宓摀著臉聲音破碎。「入山以前，我根本沒有陰陽眼，以爲只是這個神經病想強姦我在找藉口而已。」

要不是確定劉君豪被鬼附身，我也會這麼想。

「可是，他給我看了鬼存在的證據，我信了。」陳宓說出這句話時嘴唇哆嗦得很厲害。

「該不會就是妳刪除的那些影片？」我問。

「我們不會追究妳刪掉影片檔的事，甚至可以替妳隱瞞，但妳得老實交代到底是什麼內容。」刑玉陽咄咄逼人，不給陳宓喘息空間。

不只他，連我都看出來，這時的少女極其脆弱，很容易服從權威命令。

「阿刑！你不能和人質做這種交易！」主將學長不悅。

「反正證據都沒了，如果是無關案情的內容，大家先合作度過難關再說！我大概猜得出來，只是需要確認。」刑玉陽不像主將學長那麼嚴肅，只要實用，旁門左道他都可能湊合著用。主將學長沒再唸他，無名氏則饒有興致地觀察著每一個人。

陳宓又開始全身發抖。「我沒有記憶……那不是我……可是影片裡的我對下面……」她最後還是勇敢地說出那個字眼。「……自慰。」

「噁心。」許洛薇對著劉君豪吐了口火焰。儘管神智不清，犯人仍憑著戰鬥反射翻滾閃躲。

「不是劉叔叔的錯，他是想幫我的！」陳宓情急之下竟撲到劉君豪身上，企圖阻止妖火繼續攻擊他。

除了無名氏以外，所有人都傻眼了。

「那隻鬼威脅劉叔叔綁架我，不然它就要用劉叔叔的身體強姦我，劉叔叔沒辦法只好聽它的話。那隻鬼一路上常常附在劉叔叔身上嚇我，我眞的好怕，劉叔叔安慰我說他不會讓我眞的被強姦，他會想辦法救我。」

「所以妳就傻傻配合他？」刑玉陽冷笑。

「劉叔叔說，如果惡鬼敢附他的身強姦我，他就自殺，讓惡鬼的計畫功虧一簣。那隻鬼不高興也沒辦法，就改附身我玩弄自己的身體自拍，還要脅劉叔叔不能刪影片。」

我不知怎地感受到這隻淫鬼額外的惡意，嘲笑劉君豪一個堂堂大男人卻護不住婦孺，附身還不夠，劉君豪少數清醒時，惡鬼也變著法子折磨他。

「想死何必牽拖這麼多，不會殺完老婆女兒後一起死？」許洛薇跟著不屑。

「劉叔叔一直對我道歉，說他求死不能，那隻鬼瞬間就能操控他。當時我不信，呵呵……壞人都喜歡把責任推給鬼上身，誰不會？直到我自己也被附身，我才懂身不由己的感覺。」陳宓的笑聲有些瘋狂，和劉君豪肖似的瘋狂。

「前天惡鬼暫時離開去對付追兵，劉叔叔趁機對我說，來救我的隊伍裡有警察，警察身上一定就有槍，他會伺機拿到手槍，等在山裡建立庇護所，確保我一個人也可以生存下來等待救援，那惡鬼要強姦我的時候，他就把槍給我並牽制惡鬼，讓我開槍殺了他。他在山裡似乎比較能抵抗鬼上身，我也是，雖然最後還是淪陷。」陳宓淚如泉湧。「這樣一來他就可以解脫了，而惡鬼就算繼續附在我身上，至少會讓我活著。」

原來就是劉君豪教她手機解鎖與用槍技巧，我在凶案現場幻象裡感受的愛意就是他。爲了救陳宓和惡鬼周旋，劉君豪並非罪無可逭的壞人，從靈異角度看說不定還是受害者。

這些痛苦日子使劉君豪和陳宓成了生命共同體，她維護犯人的動作如此不假思索。

「惡鬼爲何非要陳宓不可？還把她帶到深山囚禁？」說句不好聽的，惡鬼大可操控劉君豪在逃亡途中強姦不同婦女滿足性慾。

「你們老是把事情想得太複雜。」無名氏索性盤坐在大石頭上，白娘子則盤繞在他身邊護衛。「只姦一次不見得懷孕，更不能保證嬰兒生得出來，現場剛好有年輕健康的女孩，何必捨近求遠？只是沒料到立委女兒身分這麼麻煩。」

主將學長與刑玉陽臉色一變，許洛薇罵了聲「靠」，我們同時想到老符仔仙企圖借腹投胎的案例。老符仔仙已被戴佳琬吸收，吳法師魂魄殘缺又傻又瘋掀不起浪，被刑玉陽轉交給修行者慢慢超渡，沒聽說逃跑就是好好地被鎮壓中，兩者皆無法再對陳宓伸出魔手，還會有哪個惡鬼作著借腹還魂的美夢，企圖複製老符仔仙的操作？

投胎轉世總歸是業力決定，冥府只能追蹤記錄而已，不是註定你可以投的胎，硬塞也塞不進去。始作俑者的術士已經告訴我，借腹投胎純屬不實廣告，死者甦生的相關法術完全靠實力，死靈與活胎或活人的結合就兩個字——逆天！那是都鬼主或都鬼主傳人才能挑戰，外加需稀有複雜材料儀式的超難法術。

一股惡寒驟然流竄全身。「他身上的惡鬼到底是誰？是不是一個白髮老人，駝背，臉幾乎要親到肚子，脖子拉得很長，笑臉令人作嘔？」我見過的冤親債主外表衰老，但更精確的形容是乾枯縮皺，並非歲月累積的老化，更接近被某種名爲「業障」的病原體逐步吞噬腐壞。

陳宓點頭，我則晴天霹靂不願接受現實。

果然是他！「蘇福全！附身他的惡鬼是蘇福全！」

「蘇小艾，妳該問，爲何蘇福全會捨下標定獵物的妳跑去作祟這個男人？」刑玉陽馬上察覺不對勁。

厲鬼注意力有限，一旦鎖定獵物就難以放棄，蘇福全的魂魄有可能殺了劉君豪後直接崩壞，沒有餘力再殺我了。讓冤親債主不惜放棄我這個獵物也要先報復的對象，前世有可能只是路人甲嗎？

蘇福全存在太久，造過太多孽，就像一顆隨時會爆炸的大氣球，必須小心地吹氣，加上許洛薇重創蘇福全在先，或許這才是我能苟延殘喘這麼久的原因。

刑玉陽問得好，蘇福全在仇人直系後代和陌生退伍特種兵之間選了後者絕非偶然。

「我想，還得順便問一句，劉君豪前世到底是誰？」此刻我心中的疑雲比奶昔還濃稠，身後隱隱作痛，像是被燒紅的鐵絲黏住背部般。

爲何蘇福全要百般折磨羞辱他？我隱約有了答案，只是不敢相信。

如今回想，ＡＲＲ超能力第一次發動，就是夢見冤親債主的往事，蘇福旺與蘇福全這對兄弟的仇怨，也讓我確定冤親債主身分，然而，如果這件事還有其他含義呢？

ＡＲＲ超能力發動對象全是與我有關係或直接接觸過的人鬼神，基本上與我處在相同時空中。蘇湘水的遺骨還埋在族長小屋旁，夢見他似乎理所當然，再者我一直相信堂伯說的ＡＲＲ超能力無遠弗屆，根本不曾懷疑。仔細回想，蘇福旺與蘇福全從未在崁底村生活過，我根本不知蘇湘水之前的祖先住哪，血緣不能解釋一切，我甚至沒夢過父母和其他被冤親債主害死的親戚。

我被蘇福旺附身過，但在夢裡，其他人物的戲分遠比蘇福旺吃重，我同時經歷了蘇福旺、妻子阿蘭和蘇母的視角，是我目前夢過最完整複雜的阿克夏記錄，簡直像電影。後來的幻視例子中再也沒有出現過類似情況，比如我夢見許洛薇的童年時，也只有許爸許媽稍微清晰一點。

是否不只蘇福全，其他祖先也回來了，還在離我不遠的地方？我才能偵測到他們的阿賴耶識，組合成第一次夢見的悲慘過往。

偏心老母親溺愛無賴么兒，做牛做馬的長子卻始終得不到關心，弟弟嫉妒大哥，對美貌大嫂懷有性慾，甚至強姦未遂，哥哥在妻子的恐懼催促與自身熊熊怒火推動之下，絕望地殺了弟弟。在這之後，化爲厲鬼的蘇福全首先殺死蘇福旺的長子，之後也不斷獵殺著蘇家後代。

事件發生在距今約一百五十年前，假設當初那些人再度投胎……

「你是蘇福旺嗎？」我粗魯地拉開陳宓，揪起劉君豪的領子。他似乎比剛才清醒了一點，對我的問題仍然茫然，完全沒恢復前世記憶。

「小艾，妳確定？」刑玉陽神色凝重。

「沒有更接近的可能了，如果我是蘇福全，忽然發現仇人已經轉世，我也一定先找當初殺我的人，而且，還有兩個女人我也要一併報復。」我閉上眼睛忍住心跳過快的不適。

「蘇福旺……是誰？」頭腦混亂的劉君豪慢了好幾拍才將我的話聽進去。

「我的祖先。害慘你的惡鬼是你跟我的冤親債主。」我俯瞰他無知憔悴的臉孔，說不出此刻是憐憫或憤怒，抑或兩者都是。

因果再度循環。

Chapter 11 / 現世報

在族長小屋和堂伯初次見面時，堂伯說他對我被冤親債主鎖定的事無能爲力，肇因我的業力成長太快，冤親債主偏執的殺意因此集中到我身上。

我和堂伯都沒料到，居然有一個人的業果搶在我之前成熟，轉瞬拉走冤親債主的仇恨。一直想像與冤親債主的殊死戰無法迴避，決鬥卻以另一種更爲靜謐慘痛的方式發生了，主角變成別人，最初的殺人凶手，眞正欠了血債的那個男人，過去的蘇福旺，如今的劉君豪。

遺忘前因後果的轉世者如何償還罪過？不僅沒有償還，反而結下更深的怨仇，下輩子劉君豪要變成更可怕墮落的厲鬼嗎？這對兄弟難道就這樣糾結生生世世？

被劉君豪殺掉的妻女恐怕已經是厲鬼了，她們又會報復誰呢？

「冤親債主……就因爲這樣？哈哈哈哈……怎會這麼荒謬？我不知道啊！我不服！」劉君豪被刑玉陽面朝下壓制在地，卻猛力挺起胸膛大吼，涕淚相交。

我逐一望著在場眾人的表情，主將學長嚴肅不語，刑玉陽冷淡而有些嘲弄，無名氏五官漠然僅嘴角略帶微笑，神情宛若木偶，陳宓則面無血色。

劉君豪本人都說荒謬了，陳宓這個被捲入的路人豈不更淒慘？

少女終於承受不住壓力，身體一晃倒向主將學長。

主將學長伸手半扶半擋，和陳宓保持在一臂之遙的距離。

「我受不了了！」赤紅異獸仰天吼叫。我以為許洛薇要暴走，拳頭都握起來了，她卻變回人形捏住鼻子，小臉皺得亂七八糟抱怨：「媽呀！好臭！」

這次我和許洛薇都沒認出冤親債主，就是因為聞不到當初冤親債主附身我時的臭味，莫非這鋪天蓋地的屍臭就是冤親債主將要崩潰的證明？

屍臭的發散來源是劉君豪，我順理成章地認為他被附身操控，此刻回頭想想忽然又覺得不太對，劉君豪不知道蘇福旺是誰，但他體內的蘇福全面對至仇為啥沒有任何反應？劉君豪剛才的怒吼也出乎意料，有如他真心悲憤一樣。

蘇福全怎會放他自主？還有一種情況劉君豪會恢復清醒……但那個假設令我毛骨悚然。

——蘇福全不在劉君豪身上了。

「主將學長小心！」

搖搖欲墜的陳宓不知何時握著一把軍刀刺中主將學長側腹，主將學長將她推開，陳宓跌坐在地咯咯直笑。

我說不出話，空氣彷彿結凍了，瞬間景象模糊，用力眨了眨眼，盈滿的眼淚掉落後，我才真正確定，主將學長中刀了。

許洛薇也被這一幕嚇住了，僵在原地。

被蘇福全附身的陳宓忽然站了起來拔腿就跑，卻被白娘子纏繞動彈不得。

「小艾，冷靜一點，我沒事。」主將學長不等眾人反應過來就拔出軍刀扔到地上，用力壓住傷口。從刀刃染血的程度判斷，刺進了將近一半。

「我沒想到她力氣那麼大，刀子也很利，還好有順著她的動作閃避，放心好了，不是致命傷。」但他腰間迅速漫開一片血色，刀傷深度怎麼看都不是壓迫止血能搞定的。

「你又不是醫生！」我對主將學長吼叫，他怎能不緊張？

「好歹我修過運動生理學，也很清楚內臟位置和攻擊要害的後果。」主將學長表示他有好好研究過人體致命弱點。

「小艾，他被刺到的位置的確沒有重要器官，肌肉夠厚有擋掉一點，看起來不像刺中大血管，若是腸破裂的話有可能感染成腹膜炎，我們還有時間，不要自亂陣腳。」刑玉陽說。

「好……」我虛弱地應了聲。

從冤親債主下手的狠勁來看，蘇福全原本是打算把整片刀刃都刺進去，要是主將學長讓陳宓撲進懷裡，零距離之下第二刀可能就是中心臟了。無論如何，武術高手不隨便讓人碰觸要害的習慣還是爭取到反應空間。

「你對他下手做什麼？」人物都到齊了，沒有主將學長的位置，他又不是蘇家人，我無法理解，難道蘇福全嫉妒主將學長長得帥又壞他好事？

「劉君豪不記得已經很過分了，你們知情卻站在敵人那邊，每一個都該殺，只好挑一個最容易得手的。」無名氏懶洋洋地解釋蘇福全的動手理由。

「哪怕他們前世欠你，你也索討得過多了，蘇福全！」我雖然氣憤，卻怕中了對手激將法，蘇福全此刻操控的是陳宓身體，承受傷害的是她。

主將學長想必記著這一點，推開少女時未使出全力。

「薇薇！妳可以把蘇福全抓出來嗎？」我實在不想讓她沾惹這團腐臭惡意，但她是目前我們之中有望分離惡鬼附身的存在，再者許洛薇已經進化了，頂多事後淨水泡久一點。

許洛薇心不在焉，我又喚了一次她才回神。

「我在評估怎麼做，」她有點不自然地搪塞。「不是很有把握，可能會連陳宓的魂魄一起傷到。」

現場至少有三個山神，論法力輪不到許洛薇顯擺，坦白說不需特地行險，許洛薇這樣表示後我就放棄了。當務之急還是先將主將學長送醫，霧氣卻沒有消散跡象。

「白白到底怎麼回事？丁鎮邦都受傷了，他還不讓我們離開。」許洛薇嘟嘴。「要不你們先把他打包，我叼著他去找直升機？」

許洛薇這句話提醒我，目前距離我們最快最近的救援，就是救女心切的立委派出的替補隊員。主將學長追了劉君豪一天，沒有實體的許洛薇要移動活人雖然費力，但這個一天路程是用陳宓的腳程來算，對可以用直線距離衝刺的許洛薇屬於小菜一碟。

「白白，你放我們出去吧！」許洛薇對著白霧山林大聲要求。

幾秒後，她對我搖了搖頭。「他這次不知在堅持什麼鬼，都不回我。」

我留意到許洛薇對白峰主的語氣根本比對平輩還要不客氣，從溫千歲的例子可知許洛薇也是很識時務，但她與白峰主之間卻有股遇見老鄉似的隨性。

「或許是白峰主不想讓魔王和蘇福全找到缺口逃跑？刑學長，怎麼辦？」但主將學長一直在流血，我心急如焚，中邪的陳宓和劉君豪也不能放著不管。

原本的人員配置要控制犯人和照顧人質剛剛好，誰知殺手學弟被前世人格魔改，主將學長也受傷了，我和刑玉陽狀態都很差，就剩一個許洛薇還活力充沛，冤親債主這一手不但惡毒，更是實際，直接廢了我方有效主力。蘇福全非常明白，我們的重點不在輸贏而是救人，人力不足而傷病患增加的情況等於失敗。

「我留下看守劉君豪和陳宓，還有那個不正常的葉世蔓，妳們帶著鎮邦闖出去。」刑玉陽當機立斷說。不動到神明瞄準的任務目標，照理說比較容易被放水。刑玉陽就是這個意思。

「不行，小艾得留下來。」無名氏笑咪咪道。

「小艾不走我也不走。」主將學長道。

「魷魚絲吃完了，悲傷。」許洛薇只差沒用爪子在樹幹上刻「修羅場」三個字。

我無言，這一個拖一個下水是找交替的節奏嗎？

「你不是說過要聽我的話？」我質問無名氏。

「但你這輩子似乎很聽他的話，我不樂意間接被他指揮。」老二鬧脾氣了。

我再度跳過無名氏口中的他意指誰，現在追究好像會淘出很可怕的東西。

「學長，我們總要有人去求救，這不像你。」我又轉向主將學長說之以理。

「我的傷勢不嚴重，還能支撐一陣子，求救讓許洛薇去就夠了。我也沿途留下標誌了，替補隊友找到這裡是遲早的事。」主將學長依然頑固。

主將學長根本不懂山神多黑，若黑山主不希望更多活人亂入，沿途掛麥當勞招牌都沒用。我明白主將學長的顧慮，一旦情況危急，他拚著命不要也想保護我們，但我不希望他這麼做。

「我離開，小艾隊就沒有主戰力了，起碼得帶走一個傷患才划算，再說把活人找來這邊添亂也無濟於事吧？還有我一走，冤親債主鐵定趁機把蘇福旺的轉世弄死，附身他咬個舌或找根尖銳樹枝刺喉容易得很，你們不見得能一直守住。」許洛薇倒是把局勢看得很清楚。

一直冷眼旁觀警戒全局的刑玉陽此時發話了：「求救也得找對對象。」

刑玉陽說得對，旁邊就有山神，但黑山主和白峰主皆無回應，犬神一開始就是來看好戲，再說，這裡發生的事難道大山神不知道嗎？目前更像自己開的局，挫屎也要玩到底，連白峰主都被考驗了，顯然主動跑來亂的人類得不到特殊服務。

「呼喚吧！你身上不是有召喚神器嗎？」魔王一句話打破僵局。

與其說無名氏好心給提示，不如說他想藉機測試我的能耐。

神器的確有一把，但召喚是啥意思？難不成小刀上有千里眼順風耳來相助的外掛？

我其實很怕再覺醒其他不屬於自己的力量，但這點顧慮和眾人困境相比根本不算什麼。萬一主將學長就這樣死了，或留下後遺症這輩子都無法再練武，我想到這種可能性便六神無主。

「總而言之就是把大海的力量call來山裡吧？我就試給你看！」

和啓動蓮花燈那時很相似，身體自動明白該怎麼做，我將媽祖娘娘小刀放入寒冽刺骨的山澗流水中，默想小澗融入山溪，溪水又併入河川，然後流向大海。

須臾，嗔吶聲飛快翻山越嶺，穿越迷霧，直直透入腦髓。

「花臉不是小王爺的人嗎？」許洛薇指著從樹後走出的花臉嗔吶手說。

花臉嗔吶手給我的感覺一直都是擅長隱密行動的忍者盜賊之類，我對他能突破白峰主的看守潛入不意外，但他爲何要高調放音樂？

同一時間，白霧被另一股灼熱濕黏的瘴氣排開，熟悉得令手腳關節產生痠軟抽痛的錯覺，我曾感染這種瘴氣，吃足苦頭才完成淨化。瘴氣融蝕白霧，強硬排空做出一條通道，光影朦朧中出現六道身影，腳步聲卻只有兩個人。

素衣紅馬領頭的溫千歲，馬蹄每往前踏一步，燒紅蹄鐵便讓青苔草葉枯黃一片，幽冥隊伍所經之處，植物莫不立刻失去活力。此時陪在溫千歲身邊的並非崁底村鬼兵鬼將，而是穿著登山服的術士師徒與仍舊一身清涼夏季制服的屍體少女，譚照瑛的魂魄和遺體都落入都鬼主掌握中。隊伍最後低頭沉默機械跟隨的鬼影，則是我在夢中見過的劉君豪妻女，兩名女鬼不僅胸口冒血將身軀染成猩紅，指甲烏黑彎曲，眼中溢滿血淚，完全變成厲鬼了。

中年ＯＬ與嘻皮笑臉的青年其實都是借屍還魂的古人，瘟王、活死人、厲鬼和屍體一起爬山，大概是我這輩子見過最驚悚的隊伍。

「小艾妹妹，亭山哥哥來救妳啦！」術士歡快地朝我張開雙臂討抱抱。

馬鞍上的溫千歲朝蘇亭山瞪去，雙眼似乎又有變紅的趨勢。

「不得無禮。劣徒讓各位見笑了。」至今仍不曉得名字的女師父直接巴頭，還連巴三下。

「你們怎會和王爺大人一起出現？」我還以爲溫千歲與蘇亭山一見面就會殺得血流成河，

居然合作了？

「你們在加羅湖失去音訊當天下午，蘇靜池就求我出馬，哥哥我重傷未癒但也義氣相挺，加上師父挺喜歡妳就一起來了。追到這附近時偏偏被黑霧攪得寸步難行，幸好遇到這位落單的美麗王爺幫忙開路。」術士硬是要虧最後一句的代價是膝窩中了都鬼主連續兩腳直接跪地。

溫千歲朝中年ＯＬ微微一笑，風情無限，她亦優雅頷首回禮。我猛然懂了，對異類的超凡外交能力才是都鬼主實力。然而術士師徒單靠兩人之力外加傷病之身，居然沒落後多久就追上我們最新位置，依舊是匪夷所思的恐怖能力。

術業有專攻，都鬼主登場，何愁冤親債主搞不定？

「王爺大人你不是被陰契卡在崁底村，怎能隨意來山裡？」沒帶隨從，果然是偷跑的！

「上回和海邊那尊交換暫代的約定還沒取消。」溫千歲答。

「那您這陣子在崁底村的時間不都沒計入陰契裡？」向來討厭白做工的溫千歲表現如常，我還以為王爺和石大人已經換回來了。

「為了應付像現在這種情況，暫時有必要保持行動自由。」白衣王爺垂眸望向趴地受縛的劉君豪，總覺得王爺很鄙夷這個男人。

我猜石大人有提早放了某些風聲給溫千歲，畢竟石大人也是崁底村出身，溫千歲的境主身分比正神要方便，這兩位神明可能私下達成協議，陰契限制暫時由石大人扛，灰色行動就讓溫千歲出馬。正奇怪黑山主怎會乖乖配合許洛薇休兵，原來是硬點子都靠上來了。

「都鬼主大人，有辦法趕出陳宓身上的惡鬼再抓住他嗎？」我趕緊問。

都鬼主慢條斯理地打開保溫杯喝了口蜂蜜水，潤了潤喉嚨道：「辦法不少，但要看這小女孩能否受得起，她的體質很特殊，如果不是已經有了這劣徒，我會想收她作爲傳人。簡單地說，世間絕大多數驅鬼招式都對她無效。」

「什麼意思？」我知道陳宓一定很特別，否則媽祖娘娘也不會特地指派白峰主來救她。

「她就像一座鬼牢，不容易進但也不容易出，天生的巫女，前提是好好訓練過。現在的她則是門板被拆掉的堡壘，不懂門道的人會一直撞壁，知道破口的人卻能長驅直入。我可以用九獸和其他手段闖進去拖出妳的冤親債主，但追逐過程中難免會弄壞她某些部分，那些本來該由她自己防禦以及導引『覡』的地方，稍有差錯就是精神病了，因此古代巫覡大多有點瘋癲。」都鬼主也不諱言風險。

後來我才從都鬼主那邊得到簡單的巫術科普，古時候降靈或驅鬼通常是兩人一組，一個負責引，一個負責趕；引鬼入體的叫作巫，驅鬼護巫的稱爲覡，如果兩者不能達到平衡，就會產生各式各樣的後遺症，比如鬼怪繼續作祟，出現生病死亡的犧牲者等，連巫覡也無法倖免。

現代大多是一個人兼任引鬼趕鬼兩種技術，難免有偏重與不擅長的點，處理得不好時，不是和鬼結仇就是與人結怨。

「對了，她和葉枝國是完全相反的類型，要是能夠合成一組就完美了。」都鬼主說。

「真的假的？葉伯作爲乩童爆幹強的。」許洛薇用嶄新的目光打量陳宓。

「副作用最小的方法，在你們的門派裡是怎麼做？」我問。

「最便宜的方式也得用到烙鐵，而且效果很差，對吧師父？」術士隨口代答。

「就是這麼回事，所以還是先處理劉君豪的部分比較划算。」都鬼主側身讓路，她身後的兩名厲鬼就像餓犬看見鮮肉，骨碌碌地盯著劉君豪。

其實我比較希望她幫主將學長急救，大家都說巫醫巫醫，都鬼主肯定懂醫術！至少草藥總會吧？我擔心催促造成都鬼主不悅，包括術士沒人提起主將學長的刺傷，恐怕是在這對師徒眼中不算重傷，眞的不行再出手就好。

「妳打算做什麼？」問出這句話的是溫千歲。四面八方散發的壓迫感倏然加重，好幾雙居高臨下的眼睛都在關切都鬼主會怎麼做。

「都鬼主有個規矩，只要遇到含冤而死的厲鬼主動求助，就得幫忙到底。」中年OL嘆氣。

幫幫我……幫幫我……我又想起夢裡無數聲的呼救，恐怕是這對母女死亡瞬間極致的意念。然而一般人聽不見鬼魂的委屈與渴望，偶爾有靈能力者接通頻道，不是嚇得半死，就是找神明祭法術千方百計逼厲鬼轉念，誰吞得下去！

這時如果有個人說：「好啊！我幫你。」是何等的安慰？希望一旦落空，厲鬼狂暴起來六親不認，協力者風險也極爲龐大，絕對不是自以爲帶天命或基於義憤隨隨便便就能應下的承諾。都鬼主能統領萬鬼，必然要遵守某些規則。大概也是陰契的一種吧？不能只偏心活人，對鬼也得公平。

「都鬼主大人，妳治鬼的原則也包括殺人償命對嗎？」

「沒錯。但我們先看看是否需要走到那一步。」她解開髮髻，長髮瞬間披落垂腰，都鬼主走到劉君豪面前，兩名厲鬼在她身後亦步亦趨。

「你願意解釋清楚，然後接受一切後果嗎？張曼琳的丈夫，劉曉玉的父親。」都鬼主問。「願意的話就把這道符含在嘴裡，如此一來你就能看見她們，她們也可以聽清楚你說的話。」

劉君豪視線搜索著中年女子身側，眼神迷茫，他看不見厲鬼們憤怒到幾近瘋狂的扭曲面容，只能在被刑玉陽壓制的情況下竭盡所能昂起頭，讓都鬼主將符塞入嘴中。

接著劉君豪彷彿瞬間被抽乾力氣。

「對不起……阿琳，曉玉，我愛妳們……」男人流下了眼淚，咬牙切齒地說：「那個惡鬼說，如果我不親手殺了妳們，他就要折磨妳們到死，他要用我的身體強姦我的女兒，把老婆綁在旁邊看，還要附我老婆的身去外面找男人，錄影寄到學校、公司，然後用硫酸毀容、折斷手腳、把皮一片片剝下來……什麼都做，只要是他想得到的！任何生不如死的折磨！」

「我會被留到最後，直到受不了動手結束這一切爲止。先自殺也沒用，也不能告訴任何人，甚至不能去廟裡找神明，那惡鬼說只要我想這麼做，或警告老婆女兒逃跑，他就立刻對曉玉下手。我該怎麼辦……」

兩名女厲鬼默默聽著。

「你應該知道很多種殺人方法，逼不得已也有更溫柔的方式，爲何是刀？」刑玉陽問。

「我和那隻惡鬼討價還價了很久，他不讓阿琳和曉玉輕鬆解脫，至少也得清醒害怕地被我殺死，他恨我們所有人，恨到甚至捨不得太快動手，這是他說的話。」

我問：「所以惡鬼還沒做什麼之前，還在恐嚇階段你就把老婆女兒殺了？你沒懷疑過蘇福全可能只是騙你的，其實沒那本事嗎？」

「妳懂什麼？我冒不起這個險！如果只死我一個人，他要怎麼折磨我都好！事實證明他能附我身，也能附陳宓，如果我的老婆女兒受盡折磨羞辱最後還是被我殺死，妳能負責嗎？說啊！」劉君豪衝著我吼叫。

「如果我是你女兒，我願意冒險，好過什麼都不知道就被最愛的人殺掉。」我低聲說。

「我不能……我怕啊……」他感到羞慚般低頭貼地，不敢再和死去的妻女面對面。

厲鬼們僵硬如石，原先沸騰的怒火冷卻了，卻也沒有原諒的意思，劉君豪的坦白無異是第二次衝擊，釐清原因後，只顯得現實更加荒謬。

「蘇福全，張曼琳和劉曉玉裡其中一個很可能是你母親，你不是很愛她嗎？」不久前我還用蘇福全母親的遺物金項鍊和他達成協議，不再附身傷害主將學長……等等，他背信了啊！喵的這輩子我絕對不要再和厲鬼講條件！

附在陳宓身上的蘇福全厲聲大笑：「她沒救我，這一百多年來我不跟她計較，但她怎麼可以忘了我，還和殺了我的阿兄組成新家庭！是他們欠我的！」

前世至少還有一個人維護自己，蘇福全恐怕就是靠這樣自我安慰留住僅存的少許人性。並非說他不惡毒，而是過去蘇福全會審度時勢收手，被他殘害的人還有一點機會倖存。重新轉世投胎的蘇福旺一家過著平靜小日子，連蘇福全都是最近才感應到他們的存在，前世恩怨丟給子孫擦屁股，連我這個後代都有點不是滋味，更何況是糾結無比的惡鬼。

目睹寃親再度投胎的刺激，終於把蘇福全逼上極端，作爲惡鬼，他這次眞的沒有退路了。媽祖娘娘會這麼小心，是否暗示著蘇福全自爆時還是很危險？

「憑什麼他們又能投胎做人，我卻只能……」

——連當厲鬼都即將走到末路。我在心中默默替蘇福全補上這句沒說出口的話。要說蘇福全對自己可能的下場沒幾分預感，我不相信，這麼長的時間，對厲鬼來說，已經是另一種人生了，他和活人怕死一樣害怕魂飛魄散！我忽然明白這個關鍵。

既然沒人救他，他就自力救濟！這是蘇福全綁架陳宓打算利用她借腹轉生的原因，即便是迷信，反正他也沒退路了。

我又觀察兩個女厲鬼與劉君豪的反應，他們就像聽著恐怖靈異故事，並未恢復前世記憶。輪迴這個果汁機總是可以攪碎很多東西，蘇福全和這一家子更早以前恐怕也有著種種孽緣，但蘇福全自己同樣沒想起來不是嗎？無名氏和我的前世認識蘇福旺，可見蘇福旺最早的前世肯定不是小人物，換句話說，都是殺人魔特殊品種，殺多就是魔王，往少了點算，魔兵魔將的等級也絕對跑不掉。

「你和他們的遠古恩怨有關嗎？」我問看戲中的魔王。

「以事件內容來說是無關，可惜卡著人際關係，某種程度上變成歷史共業，舉例來說，就像妳和許洛薇。」無名氏笑著點名。

「吭？幹嘛叫我？」許洛薇明顯在裝傻。

無名氏每句話都隱含意義，剛剛更是直接命中我一直以來對許洛薇存疑的核心。她當初爲何要跳樓？記得多少又瞞了我多少？現在無名氏還提到一個關鍵字「共業」。

不過此刻汩汩流血的主將學長才是重點，我只想快點了結這一切。主將學長即便冷靜壓著傷口，臉色明顯比剛剛蒼白許多。

「這個女生是你們前世傳宗接代留下來的子孫喔！整個家族都在替你們擦屁股，尤其是你，殺人犯！你要是不讓老婆女兒消氣，她們會變得像那隻惡鬼一樣無法投胎！奇怪，你當初腦波怎會那～麼弱？但現在現場有我們看著，蘇福全不能再上你的身，像個男人能扛就扛起來，只要是對解決問題有幫助的，就給本小姐爽快地應了吧！」許洛薇指著我，逮到機會就掙存在感，最後根本是黑心業務趁機推銷賣身契了。

「我該怎麼做？殺了我，讓我當鬼去復仇，永世不得超生也無所謂，處罰都衝著我來，只要阿琳和曉玉能投胎到好人家。」劉君豪哽咽道。

「只知道殺殺殺，過了這麼久還是沒長進。永世不得超生，那是沒見過地獄的傻子才會說的蠢話，幾世不能超生就連魂都要散了，毫無生產力可言，你拿什麼償還過去犯下的罪？」無名氏譏諷。

魔王這段話聽起來居然像是訓誡，更詭異的是劉君豪有如被喚醒某種慣性般依賴地仰望無名氏乖乖聽訓。

「但我對不起阿琳和曉玉，她們想怎樣，我都配合。拜託妳，這位長髮小姐，幫幫她們，千萬不要讓她們像我一樣殺人，都是我的錯。」劉君豪如同孩子一樣哭得涕泗縱橫，轉向都鬼主求助。

厲鬼少女驀然上前蹲下，以雙手捧住父親下顎，男人淚水穿過她血污的手掌落入地面時，赫然淨化了一小部分。厲鬼少女望著那片被洗清的瑩白肌膚怔然，而後起身轉頭道：「媽，別氣了，爸爸沒有做錯。我寧可死也不要被強姦，死掉再投胎就好了。」

「對嘛！看開一點才能像我這樣保持年輕美麗，否則會變成那邊的皺皮老頭。早點投胎，下輩子還有很多腹肌帥哥等著妳們！記得多試幾個！」許洛薇雙手比讚道。

同樣胸口染血的女人不停甩著長髮，仍舊無法放下。

少女走過去，用潔白的手握住母親的血手，「我們一起走，就不會害怕了。」

女人漸漸平靜，艱難地點頭。

劉曉玉轉向陳宓的方向：「對不起，我爸爸腦袋不清楚，妳不要恨他，他也很可憐。」

「她聽不見！她是我的東西了！」蘇福全齜牙咧嘴瘋狂吐著口水。

都鬼主以眼神示意，術士弟子從布袋裡拿出手臂長的雕花竹盒放置地上道：「不必煩惱，進盒子裡睡吧！剩下的交給我們來處理。」

竹盒滑向厲鬼母女，同時自動開啓冒出一小團旋風，旋風靠近鬼身時陡然變大，就要將厲鬼母女捲起收入竹盒。

「別以爲這樣就算了！我要吃掉妳們，誰也別想投胎！」蘇福全見厲鬼和凶手和解了，憤怒地吼道。

「小白，放開他，還有離遠點。」無名氏說完隱入迷霧中，白娘子反射性地服從命令，鬆開蘇福全後追著主人退開。

蘇福全並未立刻攻擊，上半身用力扭著，腳底有如生根一樣動也不動，冤親債主魂魄正在發生異變，同時一臉飢饞，恐怕是從戴佳琬的表現得到「吃掉＋融合」的靈感！糟糕！長瘤的黑紅肉條竄向竹盒，千鈞一髮之際，術士影子裡竄出黑色觸手將肉條打了回去。

「這傢伙的魂魄變得很奇怪，身體忽然裂開湧出岩漿，不對，那不是岩漿，是某種藏在深處的污穢，不是一個人一輩子就累積得到的分量。」刑玉陽張著白眼說。

衰敗人魂蛻變成魙的過程超乎我的想像，戴佳琬與之相比根本只是雜交的半成品，眞正的魙連仇恨與惡意都不會殘留，宛若阿賴耶識裡封藏的業障全化爲流動腫瘤取代蘇福全乾枯鬼體，多出的分量則像樹根般鑽出身體，如觸手似地四處鑽洞蔓延，好在離體的部分生長速度明顯變慢，不至於馬上觸及我們。

「陳宓怎麼辦？」此時要把他們分開更不可能了。

「她擁有大巫資質，這種程度的附身還能支撐一陣子。」長髮女子回答我的問題。

「亭山哥哥，同樣是觸手系的，你上。」許洛薇甜甜地說。

「妳叫他什麼？」溫千歲斜眼問妖貓。

「他硬要認我們當妹妹，反正有好處，爽就好！」許洛薇抱著我的手臂嘿笑，說她要等沒觸手的敵人出來再戰鬥。

「用九獸來對付魙，也算是專科應用了。」都鬼主道。

「打得贏嗎？」我問。

「不行，只是發揮類似隔熱墊的作用，但可以爭取逃跑時間呀！」都鬼主望了望主將學長的方向後對我說。

我懂她的意思，接下來是神明的責任了，都鬼主頂多就是帶著我們開路落跑。

「我打看看好不好？」許洛薇央求道。

話說回來玫瑰公主幹嘛把都鬼主當成訓導主任塞奶？

「會被寄生喔！魙已經不是敵人，我們是看成傳染病，連鬼都不能靠近。」都鬼主露出詭異的笑臉，這回卻是看著溫千歲說，暗示她非常不建議我們接觸如今的冤親債主。

「王爺叔叔！」我朝溫千歲喊了聲，希望他先幫我們擺脫無名氏和山神的阻撓，「我們有傷患！」

「嘖！」溫千歲在我的親情要脅下只好暫緩戰鬥。

只不過幾句話的工夫，蘇福全就變成另一種古怪異形，但他似乎還沒完全失去意識？說好的人格崩毀呢？撐裂人皮的業障岩漿表面浮出無數臉孔，獸類與人形彼此吞吃，並朝蘇福全勉強尚稱完整的頭臉爬去。

我不禁直觀地聯想，一旦那些累世轉生的怪臉完全覆蓋冤親債主的頭部，這個「蘇福全」就會真正消失了。

躺在地上的竹盒忽然咻地飛入都鬼主手中，此舉無異刺激蘇福全發動攻擊，頓時多條熾熱觸手集中衝向都鬼主。

「劣徒，馬七退六，過河。」

「知道了，師父。」術士故意誇張地跨過地上不知何時拉起的一條紅線，我接到訊號趕緊扶著主將學長，刑玉陽拉起虛軟崩潰的劉君豪，整團人往楚河漢界的另一邊狂撤，但溫千歲和蘇亭山仍站在紅線邊，較勁意味非常濃。

「薇薇，妳看見什麼？」我發現許洛薇對著紅線另一邊看得入迷，於是問她。

「滾滾的濁水溪欸！師父好猛！九獸藏在波浪裡大概是預防蘇福全過河，我沒辦法下水打啦！還有陳宓完全被蘇福全身上長出的東西蓋住了，看起來好恐怖！」許洛薇抱怨道。

都鬼主改變了鬼魂眼中的世界嗎？

「擋不住的。」刑玉陽輕聲說。

果然下一秒許洛薇就驚叫著蘇福全的觸手要游過來了。九獸等於是術士分身，是一損俱損的關係，蘇亭山冒的風險太大了！

「別阻止我報仇啊！小艾妹妹。」術士像是洞悉我的焦慮般回眸一笑。

漆黑觸手衝出波浪，全力糾纏上蘇福全變形流動的鬼身，打算拖到蘇福全自己被業障全面反噬。術士能挺多久？我毫無把握，紅線這端溫千歲已蓄勢待發。

「所以我說早點死一個人就不會這麼麻煩了。」無名氏的聲音忽然出現在大後方，他何時繞過來了？

「不許你對劉君豪動手！他要活著替自己犯的錯負責！」不用我說，許洛薇立刻跳到刑玉陽和劉君豪旁邊，提防無名氏趁機對劉君豪下黑手。

□

「秋風吹來草木黃，思思念念心酸酸，為著阿娘未吃睏，生命強要見閻君。世間查某眞正多，偏偏為妳在痴迷，莫非前世相欠債？多列米發胡椒兼酸醋，黃腫和擱落屎吐，如今害我在舉枷……」熟悉的七字仔調再度響起，這次卻是多了歌詞。

由於老闆溫千歲直接上場，我一時忽略始終低調守在一旁的花臉嗩吶手，此時他突然唱起歌，連溫千歲都一臉訝異回望。

奇妙的事發生了，蘇福全竟停止攻擊，痴痴聽著歌聲，都鬼主則命令術士和九獸趁機撤退，蘇亭山不甘願地服從。

即將要完全變成魙的老惡鬼會因為區區一段歌詞停住，不只因為歌聲蘊含著溫柔又悲傷的力量，還包括歌詞說中了這個惡毒男子內心深處最放不開的祕密。

「該不會是在唱蘇福全有喜歡的人結果失戀的事？」對風花雪月最是敏感的許洛薇猛然捅破窗紙，大家都呆住了。

那個從生前就是變態、惡毒、粗魯又卑鄙的蘇福全居然有念念不忘的喜歡對象？是了，怎麼不能？他曾經也是個活生生的男人。

此時剛好把一首歌聽完的許洛薇繼續說：「他不只是精蟲上腦想碰女人才企圖強暴阿蘭，比起把阿蘭當妻子守護的蘇福旺，蘇福全卻是把她當成女人來愛，可惜他從來不是『鴉片無吃賭不博，卡水妹妹要嫁我』的第一好男人。」

但那句歌詞肯定是蘇福全無數次妄想過的理想自我，現實中成就這個理想形象的卻是他的哥哥蘇福旺，而且這個哥哥深深看不起墮落的弟弟。

蘇福旺愛不愛阿蘭？他可以為她殺人，但我不認為那是愛，打從我第一次夢見冤親債主的結仇過程時，蘇福旺給我的感覺就是一個絕望麻木的男人，長年被母親忽視與剝削勞動力，嚴重情感缺失的長子。然而那個年代戀愛並非結為夫婦的重要元素，蘇福旺擁有一個好丈夫的各種特質：忠實、負責、顧家，且又相貌堂堂，足以讓阿蘭以他為傲，這對夫妻沒有任何外人插足的空隙。

蘇福旺會不惜一切保住他好不容易才得到的重要家人，包括阿蘭肚子裡的長子，僅僅活了三歲的蘇亭山。這對夫妻同時將蘇福全視為危險的敵人，必須殲滅。

「你到底是誰？」溫千歲對著花臉噴吶手問。

我這才回過神來，能夠鎮住魙的存在，絕對不是普通的妖或鬼。花臉到底是何來歷？

花臉經過我們，跨越紅線走入洪流中，撿起浸在山澗裡的小刀，小刀在他手中散發金光延展成爲兩尺的細刃刀，我不禁想到「神器認主」四個字。

「這是我生前用過的器物，也算是贖罪吧！死後我發誓變成爲人類奉獻心力的某種存在，『師姊』費心尋來這把與我有罪業因緣的小刀，好讓我在大山中可以隨時找到你們。」花臉答道，四周颳起一陣香風。

原來媽祖娘娘的小刀是ＧＰＳ用途嗎？

「你該不會是……」刑玉陽皺起眉頭。

「他是媽祖娘娘？可是好像不太一樣？話說回來花臉到底是男是女？人家分不出來。」許洛薇抽抽鼻子。

不像那次來王爺廟替白峰主善後的莊嚴香風，同樣都是花香，我本來以爲是季節差異，忽然想起第一次進入葉伯家那陣若有似無的香氣，和此刻聞到的很像，只是增強了，澎湖的媽祖娘娘是百花香，葉伯家祀奉的小尊媽祖則是清淡的野蘭香氣，近乎若有似無。

「現在不是聊天的時候，趁爲時未晚，我也多少做些什麼好了。」花臉說完凌波飛身衝向蘇福全揮刀。

那一瞬，我忽然理解葉伯爲何對武鬥派的娘娘念念不忘。即便花臉並未露出眞面目，渾身環繞的清淨神威，靈巧果決的戰鬥姿態，令人目眩神迷，幾乎是一團半融化謎之觸手物體的蘇福全身出現數十道金光切割痕跡，接著污穢中跌出陳宓的身體。

主將學長和刑玉陽幾乎是同時起步救人，刑玉陽毫不客氣推了主將學長一把，我趕緊接住受傷不穩的主將學長，讓他靠著我不至於摔倒，刑玉陽則衝過紅線將陳宓扛上肩跑回來。

這裡大概就屬刑玉陽的魂魄最不怕蠹寄生了，儘管他本人可能不知道這件事。

「有職業消防員水準。」許洛薇嘖嘖稱奇。

花臉站在蘇福全前，提防冤親債主隨時發難。被強制剝離蘇福全附身的陳宓翻著白眼意識不清，身體虛軟，呼吸微弱，同樣不太妙，我方又多了個行動困難的病患。

蘇福全從短暫平靜被打破的狂暴中忽然凍結，彷彿在感應什麼，接著瘋狂大笑起來。

「終於……哈哈……我贏了！」

無名氏發出一聲輕嘆。

花臉飄上半空，地面裂開噴出火焰，包圍著蘇福全也燒燬了都鬼主的法術，地面呈蛛網狀不斷張裂，許洛薇直接叼起陳宓，我和刑玉陽左右挾著主將學長，都鬼主和術士在前開路，溫千歲斷後，一行人又緊急撤退將近三十公尺。

眼前濃霧有如跳探戈般退後，露出不知何時只剩下樹頭的一小塊斜坡空地，給了我們緊急避難空間。許洛薇是火屬妖獸，從她直覺退避加上花臉也火速往空中躲的反應看來，地底冒出的火焰極度危險。

身後原本充滿大小石塊的乾溝很快被岩漿吞沒，我無法想像花臉和刑玉陽若沒及時拉回陳宓的後果。

「這應該不是眞實岩漿？」我問。

「是眞實的沒錯，因爲比人間還古老太多，反而不能稱爲『現實』。」無名氏道。「眞懷念……這是我第三次看見了。」

「看見什麼？」我頭皮發麻，隱約明白爲何這麼多神明或等級更高的人物要齊聚一堂了。

「曾經在某個遙遠的世界，有個男人首次打開地獄之門，墮落其中，後來又有另一個人幹了類似好事，不同的是他拖著數十萬人一起下地獄，在那之後，那個世界的人才知道地獄爲何物，以及地獄的確存在。」無名氏輕聲描述。

動彈不得的蘇福全身後升起熔岩火牆，接下來，紅艷熔岩紛紛滴落，露出一道十丈黑鐵大門。

Chapter 12 / 地獄變相

「門？異世界入口嗎？」許洛薇訝道。

「呵，倒是給妳說中了。此門名爲『鐵圍山門』，通向世界外側的鋼鐵群峰，魂魄首先被帶出原本世界，再從門後鐵山落點被拖往不同地獄，因此，你們也可以直接稱之爲『地獄門』，總是漫長又痛苦的旅途。」無名氏輕車熟路地介紹。

「他說得沒錯，我也是第二次看見了。」都鬼主道。

「倒也希罕。是同樣的門嗎？」無名氏興致盎然。

「大得多了，有三分之一沒入雲端。考慮到我的出身，其實不算罕見，歷代都鬼主超過一半都會下地獄，成爲鬼王不再投胎轉世。我爲師父送終時，她也說過後會無期，除非我蠢到被抓進她管的地獄裡。」都鬼主道。

地獄門開得很慢，明明是很恐怖的畫面，無名氏和都鬼主卻冒出同好交換心得氛圍，這才是最不現實的地方，奇妙的是此刻旁邊有人聊天，心情反而沒那麼差。

「底下是一片火海喔！」許洛薇凝視著我腳下的土壤。

「妳別看無關緊要的地方，先關注蘇福全。」我見蘇福全還在笑，渾身直冒雞皮疙瘩，連忙要許洛薇不可放鬆警戒。

四周傳出兩道龐大沙沙聲，感覺上有非常巨大的爬蟲交錯將四方封鎖得更牢固，同時一張似獅似犬的獸臉探出頭頂的樹蔭，黑山主、白峰主同時行動，外加犬神居然已經混進來了。

「這裡是大君的領域，漢人神明故意嫁禍我等嗎？」黑山主的慍怒聲音隔著迷霧傳來。

「地獄門是超乎天界與地府的原始力量，業力成熟就會開啓，目前爲止連天界神明也無法操控落點與時間，您多心了。」花臉說。

「任務中斷？」我問。這時再蠢的人也知道花臉絕對屬於媽祖娘娘陣營，對拯救陳宓與封印魔王的任務內幕比我們要知曉太多。

花臉豎起食指放在唇上，表示無意討論。我想趁機看清楚祂的長相，距離越近反而看得越模糊，只知不是台灣人，更接近南洋血統，對方臉上油彩還會改變顏色形狀。

「這玩意都出來了，誰還有空理漢人神明的任務！」雪白狛犬一副「臭氧層破洞都是人類搞出來」的不悅語氣。

「很嚴重嗎？不是等蘇福全掉進去就結束了？」許洛薇比了個關門動作。

「吾聽師姊說過地獄門的情況，即便是小門，開啓到關閉可能都要好幾天，在這期間地獄生物就有可能順著門縫跑進人間。地獄門通常不會開在陽間，但偶爾也會出現需要從陽間拉人下地獄的情況。」花臉落到我旁邊道。「無論是數十萬、數百、數千萬，或者僅僅一人，地獄的迎接與審判都是公平的，只是時候到了，人間再也收留不了這個可悲的魂魄，供蘇福全居留的業力枯竭，就這麼簡單。」

溫千歲剛剛開始一直沒說話，只是直勾勾望著那道玄黑鐵門。我猛然想起，他的前世和無名氏同期，恐怕兩次地獄門開啓都是帶走他認識的人。

「還好這次只是吸收單一魂魄的小門，地獄門畢竟是異界開口，萬一失控會讓人間大亂。地獄門將開啓時伴隨徵兆，城隍和地祇都會產生感應，通常是由正神來協防，如果開在曖昧地帶就只能看著辦了。」

正神我們這邊至少有一尊，可惜目前尚未覺醒。

說著說著，地獄鐵門無聲無息開啓一線裂縫，門後立刻出現猩紅火光，地獄火海似乎就在門後，等著吞噬通過鐵圍山門的罪魂。無名氏卻說沒那麼便宜，焰林火池只是鐵圍山脈常見風景。

額頭滿是冷汗，我憋著一口氣不敢放鬆。

地獄門果然如無名氏所言，開得非常慢，等到了拳頭大小的寬度，門縫後已經聚集了不少動物扒抓祟動噪音，混著蘇福全抵抗業障侵蝕的掙扎狂叫，我竟沒有一絲快慰，只覺得緊張。

額頭有點發癢，我無來由地抬頭一看，嚇得抓緊主將學長的衣服。

一條渾身都是眼睛的古銅色怪蛇就掛在頭頂樹枝上，花臉反應極快，揮去一道刀光，怪蛇斷為兩截落地，原來不是鱗片反射導致錯覺，整條蛇居然是金屬材質構成，令人毛骨悚然。

蛇屍漸漸變得透明，就像從未存在般消失殆盡。

「這條蛇是地獄業力化身，但在我們的世界待久了，或許就能吸引本界元素擁有實體或變成其他怪物。」花臉說。

「我被咬到會怎樣？」我問。

「不知道。地獄無法用人間道理解釋，神明只能盡可能阻止這些業獸滲透，一旦地獄門關閉，它們便會被門內的引力吸回去了，然而一開一闔期間，鐵圍山門內側也可能躲著一些逃出地獄的窮凶惡極之物將之視為機會，伺機逃入不同世界。」

我本想問天界怎不派出像樣的特種部隊前來封鎖，看到身邊的刑玉陽又自動把話吞下去。如果刑玉陽覺醒了，他就會離開我們了吧？陽世有那麼多神明看管著，妖怪山神也不弱，不見得非他不可……自私的我這樣想。

「主將學長，你看得見前面發生什麼嗎？」

「不能……」他低聲回答。「我什麼都看不見。」

「喂，學弟的阿賴耶識，你知道提早關閉地獄門的方法嗎？我們要快點送丁鎮邦就醫，沒空攪和了。」許洛薇仗義直言。

無名氏總算正眼看著許洛薇道：「我就想不透，從沒見過妳這畜生，前世妳和那個人到底是什麼關係？」

許洛薇緩緩揚起一抹奸笑：「想知道嗎？拿情報來換，說不定我心情好願意講。我得說『你們』的故事非常精彩。」

玫瑰公主是在唬他嗎？該不會她真的記起遠古前世？該死！太多搞不明白的碎片。

無名氏雙手抱胸，還真的考慮起許洛薇的提議。「行，反正不是大不了的祕密。常見的方法有兩種，第一種，派個有奉獻精神的正神進地獄門，從內側把門關起來。」

「像媽祖娘娘那種神明嗎？」拜託拜託，千萬別提起刑玉陽，我拚命祈禱。

「我對葉世蔓和他爺爺信奉的女神沒有冒犯之意，但媽祖娘娘不行。我說正神的意思是，唯獨正神持有天界發放的神器，神器加上正神魂魄本身的抗力，才有辦法關閉地獄門。」

媽祖娘娘不算天界系統派來管理眾人的神明，她是人間孕育的守護神。

「他說得對嗎？」我問花臉。

「很遺憾，是這樣沒錯。」花臉粗啞地說。

「第二種呢？」

「從這邊呼喚地獄的管理者或居於地獄的大能，請對方幫忙關門，且人家還願意配合。」

「聽起來成功機率很低。」否則這些人間神明也不會一開始就是苦守態勢了。

「見仁見智囉！」

我忽然想起無名氏的特長。「你去勾引的話有機會對吧？」

神人與魔族混血兒的魅惑之聲根本就是爲這種時候量身訂做！

「是你命令的話，我就做。」無名氏照舊把皮球踢回來。

「你們到底在說什麼？小艾。」主將學長終於受不了我和無名氏之間詭異的對話。

「一言難盡，學長，總之他要我說出他的眞名才肯配合，但我又不記得前世的事。」

「我搞不好知道喔。」許洛薇語出驚人。

「薇薇？」

「怎麼辦？要不要爆料呢？」許洛薇挑釁地看著無名氏。

無名氏面帶微笑，眼神卻閃爍刀光。

「不如我現在就把那個名字說出來給小艾參考。」許洛薇深深吸了口氣。

「閉嘴。」

「呵，你也會怕嗎？我是不會怎樣啦！凡人說出你的眞名或許就活不成了，雖說是轉世，力量還在，名字恐怕一樣是禁忌。」原來許洛薇只是虛晃一招，但也證明她的確知道無名氏的身分以及我的前世。

原來這就是無名氏要我呼喚他的用意，如果我能覺醒前世的力量，當然就沒事，若我依舊只是凡人，就會因此而死，順便和蘇晴艾這具凡軀說再見，直接變成自由的魂魄或登入新的人生。

直覺無名氏非常看不慣蘇晴艾這種窩囊的人生，我的存在就是給他的偶像不斷抹泥巴。

「小艾，和他們先走，這裡不需要活人。這傢伙留下來，等地獄門的事情解決，我再好好處理他。」溫千歲發話了。

「有趣，就憑你？」無名氏輕蔑道。

「你知道我是誰嗎？」溫千歲冷笑，毫無前世的退縮懦弱。

「當然了，小烏鴉。」

溫千歲步步逼近無名氏，白娘子想護主，被他一扇打飛，溫千歲繞著無名氏打量，後者自信滿滿不爲所動。

「我們每個都曾經得過那個人的禮物，我也是恢復少許前世記憶後才想起這件事。」

「但我不記得你得到的禮物裡，有任何能剋我的內容。」無名氏傲慢道。

溫千歲沒正面回他，卻提起一件往事。「我一直不明白，爲何他逼我做的最後一件事，沒有意義更毫無效果，就只是繞圈子，他卻說要傳授我最強的封印法術。原來一切早就安排好。還差一句咒語，我前陣子終於想起來了。」

教溫千歲法術的人？那個人只可能是蘇湘水了。

「××××××××。」溫千歲接著說出那句咒語。

「是那傢伙的……」無名氏一驚，想阻止已來不及了。

「嗡嘛呢叭咪吽？」許洛薇試圖拷貝。

「妳耳背嗎？有八個音節，而且沒一個音有對到。」音痴許洛薇正常發揮，完全不意外，我同時暗想，溫千歲那句咒語發音有點像中文，可惜完全聽不懂。

「所以咧？他還好好的。」許洛薇指著無名氏。

「你們可以走了，他暫時不能搗蛋。」王爺狂霸跩地表示。

「解釋清楚。」聽不見也看不見的主將學長直接對溫千歲的方向質問。一直看著空氣波動很不好受吧？我又成了傳聲筒，當然自己也好奇得要命。

「他不能離開我畫的圈，同時圈內他的一切魅力無效，本來畫大圈一點也可以，但他不反抗，我何必客氣？」溫千歲趁無名氏託大，幾乎是貼著他走了一圈。

「天界忙了半天還封不住的麻煩，就這麼簡單？」儘管並非眞正封印，實在是太扯了啊！

我以後點香拜天公難以直視上方怎麼辦？

「因爲是那個人送給九九專門用來剋他的法術，我只是繼承了這份遺產。」溫千歲道。

此時仍聽成「舅舅」的我，對前世的我充滿無限佩服之情，此刻我的注意力完全被「專剋無名氏」吸引，根本無心細究溫千歲的稱呼。

「小艾，我們留下來沒啥用處，我是可以幫打啦！但他們總歸不領情，我也更想保護你們，再說有白白的老闆在，還有其他幕後大頭，小咖搞不定就會推幹部出來收尾了，那些神明早就有處理經驗又不需要我們雞婆。」許洛薇說出大實話。

「正如洛薇妹妹所言，師父與我也不太受神明青睞。」毫無團隊精神的術士幫腔。

受傷的主將學長不消說，還有瀕臨發瘋的人質和凶手，得盡快下山！我遲疑的是，讓刑玉陽跟著我們離開好嗎？如果我不說，自認是人類的刑玉陽鐵定會一起走，但他說不定是天界派來處理魔王覺醒和地獄門的祕密武器，人間安危可能就看他的表現了。

被留下來的刑玉陽要承受多少打擊才能覺醒？我懷疑這些神明早就看出刑玉陽的本質凌駕自身之上，不可能維護披著人皮的大神，或許和許洛薇一樣，只差一次死亡蛻變，刑玉陽的人間假期就結束了，接著就是發揮實力達成使命。

我無法忍受就這樣分開。保持沉默更好……妳沒義務做多餘的事，蘇晴艾。

「小艾，怎麼了？」主將學長發現我不對勁了。

「刑學長，其實——」我恨死自己非要把牆撞破的個性了！刑玉陽值得一個誠實的朋友，我不能在這時挖坑給他跳！

馬尾青年做了個手勢阻止我說下去，沒好氣地看向無名氏。「小艾擔心葉世蔓，我們得留下一個人看著，何況葉伯也還在白峰主的巢穴裡，大家就這麼回去不妥。」刑玉陽用看著廚餘的眼神掃過曾害他不淺的術士，直接省略此人存在。「既然有都鬼主幫忙，我也能放心留下了，沒有比我更適合的人選，再聯絡。」

「這不是我的專業，我只能相信你的判斷，儘管我不喜歡你這麼做。」主將學長說。有一種成仙方式稱為屍解，意思是肉體死了，魂魄卻變成神仙。如果在這裡和刑玉陽分開，總覺得之後接到他的死訊也不意外了。

「我……不是非走不可吧？都鬼主大人可以carry應該離開的人。」我扭著手指說，硬著頭皮冒大不韙對主將學長說：「你不要任性啦！父母會擔心的。而且這是殺了我爸媽的冤親債主，我有義務見證他眞的下地獄，永絕後患。」

「小艾妳現在特別帶種。」許洛薇豎大拇指。

「師父，把這些人送上直升機後可以回來繼續收看仇人下場吧？」術士說得好像只是去便利商店寄個包裹。

「可。如果要花好幾天的話，應該順道買些補給品慢慢欣賞。」都鬼主說。

「妳就這麼相信那個女人？」主將學長問我。

我點頭。認識的奇人異士太多了，我傾向把都鬼主和溫千歲以及石大人放在同一區，畢竟能讓神明抓不得管不了的「鬼」，也不比所謂的神明遜色多少。

地獄門再度敞開些許，呼吸眨眼之間，周遭不時多出幾隻匪夷所思的奇妙生物，除了多眼銅蛇之外，我又看到了燃燒的鐵鼠和羽毛如同刀片的鳥，都是些能從外觀感受地獄嚴酷程度的小動物，大隻怪物還在後頭觀望。

蛇神兄弟打定主意化身城牆，不讓地獄生物越雷池一步，犬神看不下去開始幫打，無聊的許洛薇則和犬神比起擊殺數量，花臉不時也會幫砍幾隻，距離過遠就不追擊，冷靜審度局勢同時保護人類。溫千歲則動也不動凝視著地獄門深處，可能是牽制無名氏後已無法分出注意戰鬥。

「很遺憾，劉君豪不能走，有一條銅蛇纏上他了。」花臉驀然說。

我和刑玉陽同時掃描中年男人全身，發現腳踝處正纏著古銅怪蛇。感受到我們的目光，多眼銅蛇咻的一聲隱沒，卻未離開劉君豪身體。不知為何，我能感覺得出地獄生物的活動，包括地底下還有另一條正朝我這邊爬行的銅蛇。

我盯著腳尖前三尺的地面，花臉忽然舉刀往下一刺，再次將銅蛇斷成兩截。但我們看到最早被斬斷的銅蛇已經扭動著要接回身體了，根本是無限再生的怪物。

「他得在這裡待到地獄門關閉，由地獄門收回他身上的銅蛇。此外，這個男人恐怕不久之後也有下地獄的可能，才會被喜好鮮血的銅蛇纏上。」花臉道。

「我不走！我要親眼看到這個惡鬼下地獄！他害了我一家！」劉君豪充滿恨意地嘶聲。

「我也……一樣……否則這輩子……我也……恨……」陳宓用微弱的聲音說，她處在被嚴重附身的後遺症中，依舊眼神渙散，似已恢復些許思考能力。

「就算逮他歸案，可能撐不到法院審判就自殺了。」無名氏涼涼地說。

「都鬼主小姐，可以請妳幫忙處理我的傷勢，讓我稍微撐久一點，然後將陳宓送到後援人員手上，確保她安全就醫？」主將學長冷不防問。

「可以是可以，但是有必要逞強嗎？」都鬼主將一縷髮絲掠至耳後。

「如果小艾和阿刑在我視線外出事，我永遠無法原諒自己。」主將學長說。

許洛薇湊近我耳朵旁邊說：「就說這男人很敏感了。還有妳在瞞我什麼？好像有啥很嚴重的事情使妳非留不可？」

能說我在預備著刑玉陽的最後一面，或者希望自己在場能造成某些牽制效果嗎？其實我不是很在乎非得親眼見證過程，只要確定蘇福全最終有下地獄就好，但我無法忍受留下殺手學弟和刑玉陽自己離開，對之後發生的事一無所知。

「彼此彼此，妳什麼時候要告訴我恢復記憶的事？」

「又不是不說，時機不恰當，我還在整理心情嘛！」許洛薇理直氣壯道。

經歷過殺手學弟前世人格爆料，夢見少許自身前世關係的我可以理解，我也需要時間消化資訊，就只有這樣，我不想變成另一個人。

我和許洛薇對話時，都鬼主也爲主將學長做應急處理，她先是用手摸了摸傷口，找出紅符往上一貼，傷口附近早就沾滿鮮血，立刻將那張符紙黏得牢牢的。

「暫時治療好了嗎？」我問都鬼主。

「我的法術對他沒用，幸好我和劣徒都必須妥善照顧生人之軀，身上總有些預備，符紙浸過藥物具止血效果，其他只能靠他自己了。」連死人都能復活的都鬼主承認她在主將學長身上踢到鐵板。

倒不是說都鬼主的法術可以無視自然規律瞬間治癒穿刺傷，但若能成功暗示主將學長，讓他以爲受到瀕死重傷不想拖後腿改變心意或乾脆將他催眠麻醉，就能將傷患順利後送了。

刑玉陽接受都鬼主的診斷意見。「鎮邦現在心燈是我認識他以來最亮的時候，大概是屬性相剋。」

「啥米？和平常一樣根本看不出來丁鎮邦已經爆氣了。」許洛薇用力眨眼也跟著觀察，但視線放在中段是什麼意思？

玫瑰公主的眼力大概永遠都會被腹肌阻擋，變成妖怪換再多檔也沒用。

「爲什麼？妳的徒弟都曾經對他下符成功過了……」我將都鬼主請到一旁，越說越小聲。

「『您』不也喜歡自欺欺人？」她湊在我耳畔道，不忘近距離給我一抹令人心跳加速的魅笑。

我不敢多問，眾人決定耗下去，只有我覺得主將學長無謂的淌血很荒謬嗎？明明可以提早離開就醫，哪怕機率很低我也不想冒一絲失去他的風險。

唯一有能力速戰速決的魔王卻很享受目前膠著態勢與我的苦惱。

我在地獄門之前反覆踱步，意識到時自己已經走至困住魔王的結界旁伸手欲觸。

我緊急停住動作，收手也不是，繼續也不是。能滿足魔王渴盼的人早已不存在了，我連他的名字都叫不出來，我的話對他來說只是馬耳東風，剛剛還不希望他動用能力的我，卻因爲主將學長受傷改變心意，自己都感到羞恥。

雙手懸在空氣中，我望著無名氏沉默。

「看來轉世後依舊是個麻煩的小東西。」寸步難行的無名氏用雙手牽起我的手，低頭似笑非笑的模樣使我一瞬將他和葉世蔓重疊。

無名氏又說：「我可以替你呼喚一次大力鬼王，但不保證對方買帳。」

「謝……謝謝，還有，不是命令你，是需要你幫忙。」我受寵若驚差點結巴。

他抿了抿唇，我則看不懂這個表情代表何種含義。

「就是這樣，還不解開法術？」無名氏瞟向白衣王爺。

「你在說什麼傻話，法術不是早就解開了嗎？」溫千歲嘲笑道。

無名氏嘖了聲，跨出一步，凝視門縫彼方深處。

「還不能開始嗎？」我不是故意要催他，就是忍不住。

「等。」無名氏道。

「已經在等了。」許洛薇插嘴。

岩漿中驀然竄出一條燒紅鐵鍊，拴住蘇福全頸項，發出燒灼皮肉的滋滋聲，老鬼慘叫得更厲害了，焦黑炭化的範圍擴散，竟將甕化現象封鎖在肩膀以下。

「變成甕就是連種子都爛掉了，地獄帶下去也沒用，來得及趕上真是太好了——畢竟無感談不上處罰。」術士拍手。「蘇福全，你眞是沒用又丟臉，大家都在看著。」

我覺得罵他畜生是侮辱了小花和玫瑰公主那麼可愛的畜生，該怎麼說呢？那就是只能用「人類」去形容的惡意。術士這句乍看力道不足的壞話瞬間點燃蘇福全的心魔，因爲那是澆灌蘇福全長大，他本人也承認的評語——劣種。

冤親債主狂暴扭動，灼熱鐵鍊也以肉眼可見的速度加快了，但鐵鍊並非將冤親債主拖向門內，而是拖往地下，黑鐵大門則持續微敞，難道是完全打開才會關起來的機制？還是地獄難得在人間開門還要抓更多罪人下去？

蘇福全鬣化的部分遭岩漿吋吋燒燬，冤親債主發出可怕的呼號，場面令人作嘔，我毫無復仇的快意，不由得轉向許洛薇，她看得很專心，卻非獵奇或享受的反應，即便恢復人身，仍然是一頭作壁上觀的野獸。

岩漿終於淹過鐵鍊，蘇福全流著血淚狂笑：「我沒輸！我贏了！我贏了！哈哈哈哈——」

直至沒頂。

「結束了。」現場一陣長長的僵凝後，我打破沉默用力晃著無名氏的手。

他冷不防唱起歌來，一開始只是輕哼，很快地我分不出音量大小，整個人都浸透在那美妙無比的天籟中，時間消失，一切邊際模糊交織，連魂魄都彷彿融化得無影無蹤，歌聲乘著這個世界的風，被日光曬暖的水氣與幾片沾著泥土的枯葉飛入地獄深處。

地面一震，門縫後出現某物模糊輪廓，我後來想了很久，才想出那可能是一枚巨大腳趾。岩漿沸騰著開始往門縫倒流，這段期間無名氏一秒也沒停止用歌聲呼喚，他使用的語言陌生卻優雅，不斷冒泡破裂的岩漿則像是地獄與之對話。

雖沒發生想像中砰一聲關門走人的理想畫面，地獄門縫隙的確正一點點縮減，終於從尾指變成牙籤粗細，然後嚴密咬合，地獄生物無聲無息減少，岩漿也退完了，僅剩下熱氣翻騰，地面還是原來的樣子，如同噩夢一場，只是澗水已徹底乾涸。

地獄門漸漸變得透明朦朧，直到它完全消失前我都不敢大意。

地獄一遠去，溪谷很快回滲原本的霧嵐氣息，我看了看手錶，還不到七點，天是亮了，溪谷仍舊又暗又冷，甚至因爲體溫下降導致我牙關打顫，方才的溫暖晨曦是歌聲錯覺？隱隱約約還能聞到硫磺的臭氣。

「地獄幻覺太逼眞了。」我總算敢大口呼吸。

「幻覺嗎？小艾，去挑顆石頭踩看看。」溫千歲說。

無論如何，王爺不會害我，現在的我已經非常確定這個事實。如他所言，我刻意相準一顆大石頭，不知溫千歲葫蘆裡賣什麼藥，我只敢輕輕踩上。

膝蓋高的溪石立刻粉碎！

不是碎成小塊，而是如同字面意義粉碎成沙塵，瞬間害我體溫又多掉好幾度，嚇的。

我不信邪又隨便挑了顆石頭用鞋尖輕戳，彷彿累積數千萬年風化作用瞬間爆發，石塊就地崩解。

不只是幻象，地獄門的開啓還對我的世界留下可怕的物理影響。

「謝謝你。」剛剛我很自然地掙開無名氏的手去踩石頭，有點不給他面子的感覺。

魔王聳聳肩，又不懷好意地盯著我，明明關乎他自己的處境，卻還是一副看好戲的樣子。

「小艾，離他遠點。」溫千歲無聲靠近將我拖開，我只好走過去主將學長那邊。

無名氏雙手環胸，有些不耐煩，溫千歲與他對峙毫不相讓。

「你想怎麼樣？」溫千歲問魔王。

「既然都已經醒了，就帶著蘇晴艾四處轉轉，看看這個世界囉！」魔王敲定了你捉我跑的行程。

「原來如此，你還是給我乖乖待在這裡修身養性吧！」

「這種口氣？小烏鴉，你該不會忘記我的身分？得罪我可不是什麼聰明的事。」無名氏語帶威脅，毫無面對我的脈脈溫情。

「就是因爲記得很清楚，所以我剛剛趁你召喚鬼王又布一次九九的法術了，以爲我會大意給你機會逃跑嗎？」溫千歲對我回眸一笑，「多虧小艾轉移注意力，做得好。」

「……」無名氏再度踩坑。

原來溫千歲剛剛過來抓我只是障眼法，眞正目的是完成再度拘禁魔王的大圈，陰神的腳程要多快有多快。

「這男人還在流血，你把活人和我圈在一起，又能困住我多久？先著急的可不是我。」無名氏先是看向主將學長，視線落到我身上時又露出挑釁的微笑，宛若前世之夢裡的孔雀裘男子。

魔王不肯承認物是人非，卯起來和整個世界敵對。想回到過去，我又何嘗不是如此？只是我夢想的是和玫瑰公主共處的大學時光繼續延長，畢業找工作後還是朋友的平凡人生，而非神祕的前世。

「等等！王爺的法術只困他一個吧？關我們啥事？」許洛薇露出卑鄙笑靨。「我們留他在這裡餵蚊子就好啦！」

我眞爲許洛薇的智商捉急，刑玉陽嘆了口氣，懶得開口解釋，幸好有術士接過解說動作。

「前世人格的意思是，就算他被封住聲音，在圈子之內用其他方法攻擊我們就好，比如說再抓個傷患當人質，除了那條白蟒，或許他還有其他殺手鐧呢？」

不愧同為卑鄙同類，瞬間就將局勢抓得七七八八，都鬼主和術士不急著出手也是擔心魔王還有底牌沒翻出來。

殺手學弟本來就是柔道黑帶，實力高於一般段位，只是還打不過主將學長。如今無名氏覺醒，增加了前世的經驗值，目前他的武術程度實在不好說，肉體處於巔峰時期這一點卻無庸置疑，白娘子肯定有送他補品，此刻的無名氏精神奕奕。

主將學長受傷，刑玉陽疲勞虛脫，溫千歲要維持法術，劉君豪是上銬犯人不算戰力，現場有希望肉搏的只剩下都鬼主師徒，可惜兩人在許洛薇與九獸打架事件之後還處於傷損狀態，加上我們也需要人手保護傷患和少女，許洛薇若出手大概就得先殺了白娘子，以防蛇妖各種阻礙，無名氏則會趁這段時間出招。

「小烏鴉興許是忘記我過去常用的手段，延遲命令並不稀奇，換句話說，不是你們包圍我，是我包圍你們。」無名氏冷不防聲明。

我連問好幾次是什麼手段，溫千歲才不情願地解釋：「他會用聲音命令無數怪物攻城，滅掉一城或一國輕而易舉。」

許洛薇朝天吼：「白白——真的假的？你們被包圍了？」

白峰主的聲音總算再度出現：「有許多較弱小的峰主和山主靠近中，數量頗多，神色不善，或許吾輩不得不戰。」

無名氏從來沒忘記主要威脅來自神明，獲得自由到現在的一天一夜，魔王怎麼可能沒做任何布置？大山神爲何坐視不理？難道剛好不在家？

「打倒你的話，操控狀態就能解除？」我問無名氏。

「這個嘛，我可不敢保證。這些妖怪爲何會想服從我的命令，和我想聽你的話，背後的道理應該是極其類似，你說，我何時才會清醒呢？」無名氏說。

誰來打破這僵局？原本以爲術士就是我能忍受的混蛋極限，沒想到天外有天！

「算了，顧忌這顧忌那的沒意思，還是由我上吧！該揍的揍，揍不聽的就殺。」許洛薇作勢擼袖。

「有趣，妳站在人類那邊？」無名氏舉起手掌，只要許洛薇一發動攻擊，他就會立刻讓白娘子應戰。

「我這輩子好歹也當了二十年嬌俏可愛的人類女孩子呀！無論如何我是站小艾這邊的！」許洛薇拍著胸脯說。

「妳自動美化黑歷史了吧？頂多就五年。」我忍不住吐槽。

「我正在挺妳欸！別計較小事了。」玫瑰公主再度化身赤紅異獸，卻將體積縮小到最適合在地面與林間作戰的尺寸，隨時準備發揮殺戮機器的效能。

正當結界內的空氣快被點燃，主將學長毫無預警拉開我的衣領低頭檢查，我整個愣住了。

下一秒，意識到主將學長會看見無名氏在我身上製造的痕跡，立刻想按住脖子，卻被他一把抓著手腕。

「蘇晴艾，這是怎麼回事？」主將學長的聲音前所未有地凝重。

當主將學長連名帶姓叫我時，表示他真的生氣了。

「那個……被山裡的蟲子咬到過敏？」冷汗狂流。

「屁啦！那是吻痕好不好？」許洛薇不知何時繞背偷襲我兼掛保證。

「這是蕁……蕁麻疹……」我口吃著，同時以目光怯怯打量眾人反應，男性同胞們表情全陷入空白，唯獨無名氏笑得像隻偷了腥的貓。

這時白娘子使出了意想不到的一擊。「我本來不想說的，她是master的女人了，你們這些下賤男人以後不准碰她。」

白娘子妳到底知不知道自己那句話一口氣得罪幾個恐怖份子？其中至少有一個危險程度在妳家主子之上？

「學妹，我不是小孩子了。他有無強迫妳？」主將學長握著我的肩膀質問。

「有，可是……」我來不及說出「未遂」兩個字，主將學長已經衝出去了。

無名氏見獵心喜主動迎戰！

「葉世蔓！」主將學長低吼。

「我可不叫這個名字！」

「你以爲我在乎嗎？做錯事還敢得意？」

主將學長的動作比平常更快，無名氏似乎有些意外，仍帶著自信閃開半步，眼看就要施展奇妙的武功，然而主將學長就像有預知能力般，同時瞄準無名氏腳掌點地的瞬間掃腳，無名氏刹那間僵了一下，仍以無與倫比的靈活度抽腿閃避，我見過柔道社初代和現任社長的友誼戰，殺手學弟在對上主將學長時從未遲疑，打得殺氣騰騰，輸得淋漓暢快，最後殺手學弟得到主將學長的認可。

此刻主將學長當然不可能放過這致命的空隙，立刻上組合技，大手扣住衣領，迅雷不及掩耳一個貼身丟體砸在地上，一手在前一手按住頸背，直接對無名氏鎖喉固定，沒有華麗招數，乾淨俐落且透著一股嗜血，只差一點點脖子就會被扭斷，至少我敢肯定無名氏已經無法吸進空氣了。

野獸在獵食時大概就是這麼回事。

「他剛剛怎麼跟妳被丁鎮邦摔時反應一模一樣？」許洛薇也這麼說，可見不是我的錯覺，無名氏眞的聳了。

那是只有在被虐菜無數次才會出現的，深深刻印在靈魂裡的恐懼和反射性防禦動作，導致主將學長就算有心放水訓練我，我起碼也要打到第三場才能抛開內心陰影專心攻擊，沒熱身直接上的無名氏下場可想而知。

「學長！你別聽白娘子亂講！明明就沒怎樣！讓學弟呼吸！勒久了會腦殘啊！」爲啥主將學長連地獄門都看不見，卻可以聽見白娘子那句雷死人的發言？老天爺你是故意的嗎？等等，無名氏剛剛唱的歌充滿力量，主將學長的開關該不會因此被打開了？

「小姑娘，現在不是顧面子的時候，被欺負了要勇敢說出來，讓大人替妳討回公道才對。」都鬼主諄諄善誘安慰道。

「蛇妖，這是眞的嗎？」溫千歲直接掐住白娘子的脖子審問。

「我也很有興趣確定此事眞假。」術士雙手插在口袋裡吊兒郎當站在一旁，然而譚照瑛的屍體卻手持柴刀擱在白娘子腰身上，隨時準備將她剁成兩截。

將生死置之度外的白娘子總算發現，之前只是她還沒遇到眞正的壞人，把妖怪當魚切的王爺和術士完全沒有任何憐憫之心。

「我離開山洞前她還好好的，回來後，她那裡流血了。」白娘子說。

現場一陣古怪的沉默。

「剛好生理期來有錯嗎？」我想罵髒話了。

眾人表情仍是半信半疑。

「小艾，我知道妳想袒護學弟，但還是把眞相說出來比較好。」出乎意料的，許洛薇居然是不信的那邊。

不對，是她太了解我了，在無名氏被主將學長卡住脖子的情況下，爲了從盛怒的主將學長手中保住葉世蔓的命，就算我眞的被強暴，第一時間也可能說謊強忍下來。

「我說的就是眞相了啊！」百口莫辯的感覺讓我心好累。

爲何現場依舊瀰漫強烈不友善的氛圍？明明我毫無姿色，親友們似乎認爲無名氏眞的會對我下手。特別是擁有前世記憶的溫千歲，正慢慢收緊手指，不想讓白娘子死得太輕鬆。

死到臨頭，白娘子反而豁出去了。「Master……祝你們幸福……」

白娘子的腦洞才是無差別殺器，我快以爲她才是老天派來對魔王滅口的臥底刺客。

「你讓他說話！不然要怎麼解釋清楚？學長！事關我的名譽，妖怪造謠你們也信？」我抓著主將學長手臂想扳鬆他對無名氏的鎖喉攻擊，卻只摸到鐵塊似的肌肉以及滿滿的怒氣。

主將學長不顧自己的傷勢也不聽勸告的反應讓我氣壞了。

「學長你放手！不然我要和你絕交！還有葉世蔓的前世，我命令你給我還原眞相！再搗蛋也一起絕交！」

開大絕後，主將學長總算願意稍微放鬆力道讓無名氏開口解釋，可是仍然從後方緊緊壓制著他。

無名氏猶不知死活故意挑釁道：「不過就是摸了她的胸部。」

「可是一點感覺也沒有，還不如許洛薇摸我呢！」我立刻接話。

「……」眾人再度沉默，無名氏嘴唇微張無話可說，可能是太尷尬了。

「小艾妳好色哦！」許洛薇開心表示驕傲。

主將學長再度掐斷無名氏的空氣補給，我不斷搖他肩膀，他才肯有一口沒一口讓無名氏喘氣。

這兩人根本槓上了啊！

Chapter 13 / 人間道

「小艾，去摸回來，哪裡都成，用力一點，不許給我丟臉。」苦惱的主將學長決定做人必須要公平。問題是我已經討回公道了，雖說是不小心壓到該邊，但力道的確有點大，連我自己都替殺手學弟未來的幸福捏把冷汗。我心虛地盯著無名氏漂亮的眼睛，他不承認我就更不好意思說了。

沉思片刻，我伸手摸了摸無名氏的頭：「這輩子我不想再看見你，你把學弟還給我吧！」

「嗚哇！聽起來好痛，小艾也夠狠。」玫瑰公主在旁評論。

此時，我卻聽見刑玉陽向許洛薇搭話：「妳認識葉世蔓的前世？」

「你猜囉！」許洛薇調皮吐舌。

「何時恢復記憶的？術士綁妳去那時？」刑玉陽出手果然犀利。

「咕嘿嘿！」

刑玉陽明明聽不見許洛薇說話，這樣居然也能溝通。

「回答呢？」溫千歲步步進逼無名氏。

「我拒絕配合又如何？」

被我摸頭時魔王的確動搖了幾秒，結果還是沒能拿下，不愧是狠角色。

溫千歲走到花臉面前，看樣子是要對花臉的來歷打破砂鍋問到底了。

「蘇湘水一死，你就碰巧來投靠我，將葉枝國介紹給本王的也是你，小卯想必也不是你的本名，媽祖娘娘僞裝成區區遊魂潛伏在陰神身邊四十餘年有何貴幹？」溫千歲冷下聲音。

「我第一次登陸台灣時，正好是卯時，現在的我也不使用媽祖名頭，和小卯一樣都只是方便行事的稱呼。」花臉嘆息，居然換了標準國語，然而破爛嗓子依舊沒變。

無論何種神明都有不能承認生前身分也不會再提起本名的規矩，連正神都還有人類敕封和天界派遣的差別，既表示人間遠比我想像中複雜，也意味著天界不如凡人妄想的全能。

「但你的確是葉伯最早跟隨的媽祖娘娘對吧？」我衝口而出問。

「師姊原本定居的廟宇遭到人類破壞，治事諸多不便，吾在澎湖服務的年限也滿了，澎湖這地方過於複雜，吾的政治才能追不上管理難度，便將廟和金身讓給師姊。」花臉攤手。「師姊提起蘇湘水將一個小疫鬼栽培成境主，擔心蘇湘水死後溫千歲無人輔佐又退化成聚集邪祟散播瘟疫的厲鬼，吾便自告奮勇來監視王爺你了。」

是會搭小船跨海來台灣鬧怪的武鬥派前媽祖娘娘，潛伏在溫千歲身邊暢快打架的日子應該正對胃口？但花臉並未恢復往昔娘娘的神聖模樣，或許是委婉地告訴我們，祂其實不是女性？

「我該感謝地祇多管閒事嗎？」溫千歲怒極反笑。

「就想成蘇湘水舊識給晚輩的一點關照，那位修道者生前賣了我們不少人情，你也確實是個可造之才。」花臉完全不覺得玩弄溫千歲的自信有什麼問題。

「把葉枝國弄進崁底村，是爲了替封印葉世蔓的計畫鋪路？」此時溫千歲一字一句挑破崁底村神明活動的幕後眞相。

「天界總歸要找途徑處理這個遠古傳說中的禁忌存在，他偏偏轉世成我契子的孫兒，我和師姊不能當沒看見，多虧這份因緣，讓我們有些許介入談判的資本，落到其他神明手上恐怕更無情，可能會做成人柱。」花臉道。

「神明也這麼野蠻？」許洛薇故意睜大眼睛說。

「是經驗法則喔！畢竟是能威脅神明的『怪物』，而且神明被一起封印以便壓制怪物的情況從前並不罕見，如果能用人情絆住怪物的轉世，少讓一個神明陪葬，怎麼算都賺了。」都鬼主補充專業觀點。

「來龍去脈我知道了。給我那把小刀，我就不追究你騙我的事。」溫千歲伸手索討。

「汝意欲何爲？」花臉問。

「替你們和天界收拾爛攤子，倘若這王八蛋不肯退回阿賴耶識，就照原本計畫先廢聲帶，再看是否需要其他保險。」溫千歲冷酷地說。

「小艾，他是認眞的耶！」許洛薇戳戳我的手臂。

「怎麼辦？」我把溫千歲的意圖告訴主將學長和刑玉陽。

「我不反對。」主將學長秒答。

「學長你這是在遷怒嗎？」

「倘若我也發生類似情況，會希望有人能不擇手段阻止其他人格侵蝕我。爲此，我不會妨礙溫千歲的行動。」主將學長的話認眞得令我胸口發冷，知道他和我想法相同又有小小的竊喜。

死了變鬼，好歹還保留原本的記憶性格，就像許洛薇。被前世取代，比得了阿茲海默症還慘，原本的自己到底去了哪裡？以殺手學弟的情況就是掉進阿賴耶識的地底大倉庫，也許大家死了都是這樣，下輩子魂魄重新投胎又開啓新版本。但葉世蔓才十九歲，如果他是出車禍或病死，至少還有個原因，眨個眼就消失換人，我無法接受！

「刑學長！薇薇！」我只好求助其他人。

「妳太寵學弟啦！又不是斷手斷腳，得癌症也是該切就得切，已經是輕到不得了的代價，我相信花花臉的師姊政治手腕眞的很強。」玫瑰公主基於某種我不明白的傷害標準，對花臉點頭認可道。

「我不希望這個從阿賴耶識復活的怪物跑到人口稠密區作亂，如果他不想和我們死磕到八十歲，最好自己設停損點。」刑玉陽終於鬆口支持強制拘束，意思是就順著天界的計畫來，讓無名氏被關到煩主動放棄，在這之前可得確實剝奪他的爪牙，這樣一來，有生之年說不定我們還有微小希望看見殺手學弟恢復正常。

殺手學弟曾經說過，神明不會一夜爲人蓋起城堡，乍看不可能的難題困境，努力個幾十年，說不定就能實現願望。我和冤親債主纏鬥不到兩年，蘇福全就下地獄了，當初誰想得到結局來得這麼快？怨靈索命的家族宿命不也是從蘇湘水開始苦撐到我這一代才解決嗎？中間屢次依靠蘇家累積的實力度過難關，沒人能否定歲月和人力接龍堆積的成功機率。

花臉將神器還原爲小刀遞給溫千歲，王爺接過小刀時頓了一下，仍是面不改色將武器握在手心，花臉略挑了挑眉。中間可能有文章，可惜現在的我看不懂。

很久以後我才知道，神器對魂魄來說是碰不得也拿不起的沉重之物，正如無名氏所說，必須具有相對應的器量，蘇湘水的栽培與前任媽祖娘娘的守望至此可說即將開花結果。但我早就預見過溫千歲未來會成爲正式神明，半點都不意外。

溫千歲拿到小刀，轉身卻示意我接過去，我整個人都懵了。

「妳比葉枝國更適合進行這項任務，由妳動手，那傢伙也沒有怨言了吧？」溫千歲說。

「傑出的一手，小烏鴉也有出息了，還不忘等我先關閉地獄門。」無名氏道。

「利用完了再處理乾淨，才是聰明人的做法。」王爺淡淡說。

「這一點我有同感。」聊天的語氣。

「退一萬步來說，就算我肯幹，又不是外科醫生，刀子戳喉嚨會死人吧？」有那手段我還不如直接替主將學長縫傷口。

「讓卯附身解決技術問題不就得了？」溫千歲雖是對著我說話，卻是直視花臉。「反正對方很專業，可別說做不到。」

「小事一樁，但得蘇晴艾願意才行。」花臉同意幫忙。

雕花小刀又回到我手中，宛若千鈞之重。

無人詢問無名氏的意願。

主將學長頗具自覺地將無名氏下顎往上頂，擺成方便手術的角度，並形成上半身懸空姿勢，使他無法借力掙扎。

「你有怨言嗎？」我單膝跪地湊近問著被死死鎖住的無名氏。

無名氏只能轉動眼珠，卻因爲角度太偏無法與我目光相接。

「沒有。」

「你是白痴嗎？」

「只是想起來很久以前我欠你一刀，看來是到了非償還不可的時候了。」無名氏笑容張揚。

我站了起來。「就不能老實繼續沉睡嗎？」

「不能。」

「那你做好覺悟吧！」我轉身將小刀用力扔出結界。「回答娘娘的問題，我不願意。你們想要一個啞巴就用暴力制伏他，我寧可看他反抗到最後。」

「小艾，妳這不是要讓殺手學弟多受罪嗎？」許洛薇問。

「我的天命就是專門吊胃口讓他求不得。再說，欠我一刀不用付利息？」既然前世的我容許無名氏為保護自己反擊，這輩子逼他吞下去豈非越活越回去了？

我質問無名氏：「天界說你犯下窮凶惡極的重罪，儘管用反諷語氣想騙人，但實際上你應該真的做了一件好事。那麼崇拜要求你做好事的那個人，再極端的風險也願意承擔，我不相信你會背叛他。最大的證據是，你沒在地獄贖罪而是轉生成一個人類，還長得有點帥，我猜，當初你殺掉的那五十萬人是否出了某種無藥可救的問題？」

一時間，四周格外安靜，就連神明們也默默聽著。沒人阻止我就繼續了：「告訴我那件罪大惡極的好事真相吧！我會替你記得，還是你害羞得不敢說？」

無名氏索性放軟身子懶懶掛在主將學長手上。

「他們是五十多萬個『戴佳琬』，我只是在他們魂魄變質成魙被魔吞食前，略施小計送他們下地獄受折磨等投胎而已。」

「你也一起死？」我追問。

「當時想去找老大敘舊，可惜，沒能如願。」

「我明白了！還有，既然欠我一刀就連本帶利還來唄！你被天界割一刀關我屁事？憑什麼我要無償滿足你的任性？」

「……用什麼還？話說在前頭，葉世蔓的問題可不是由我造成。」無名氏仍舊不肯退讓，反抗力道卻像搖晃的燭火般越來越弱了。

「新台幣，廢話。」我不假思索，誰能理解本人掐著銅板度日的心酸，以及僥倖活下來日後還是可能窮困潦倒的恐懼？我承認自己對萬惡的金錢是有那麼一點執著，哪怕世上存在著許多比錢重要的事物，如果是可有可無的收穫，還是換成金錢最實在。「既然你和葉世蔓是同一個人，誰付都可以，啊，不過來路不明的金錢拒收，血汗錢是絕對的。」

無名氏滿臉空白的模樣眞是賞心悅目。

「玩夠了嗎？」溫千歲沉聲道。

有點耳熟，好像不久前也有誰說過類似的話。我努力回想，溫千歲卻滿場巡視著能代替我廢掉殺手學弟聲帶的人選。

幾乎是第一時間，王爺的視線就落到都鬼主師徒身上。這兩個祖師爺級的術士不需要花臉指導也能割人聲帶，我有這種感覺。

「不許動，你欠我的。」我當機立斷先瞄準蘇亭山。

術士聳聳肩：「小艾妹妹都這樣說了，我得言而有信才行。再說我本來就沒興趣蹚這渾水。師父意下如何？」

「以我的立場不方便給天界打下手，再者都鬼主專司鬼魂，弄殘一個青春少年郎不在我的處世之道內。」都鬼主與其徒表現出相同的興趣缺缺。

「陳宓呢？」溫千歲問。

「蘇晴艾情況稍微特殊，換成其他活人，吾就不方便代理技術了，想以最小影響干涉輪迴，就得遵守人間道的規矩，他姑且也算投胎轉世的活人了，只是阿賴耶識開啓而已。」花臉出人意表發言。

說的也是，如果封印魔王的任務可以靠花臉一個人變身解決，還搞那麼複雜幹嘛？就像孫悟空不能用筋斗雲載著唐僧直接飛到取經處，甘道夫無法派巨鷹載著哈比人將魔戒丟進末日火山，世間萬物總是環環相扣，誰也料不準偶然牽動其中一條業力絲線是否會導致滅頂之災。

若在白峰主巢穴時我沒及時攔住葉伯，無名氏就這樣被撂倒，那個呼喚鬼王關閉地獄門的奇蹟也不會誕生了。因蔓業果分分秒秒滋長變化，當前我們的一舉一動，又會帶來何種後果？

□

「按照原定計畫，由葉枝國動手，林子邊的蛇兄弟，請去把我的桌頭帶來。」溫千歲說。

「山下的白衣者，把人帶來可是要花不少時間。」黑山主回應，此刻利益一致，山神們倒是沒拿翹。

「這點時間本王耗得起。」溫千歲打定主意封殺無名氏。

我一開始就反對讓葉伯親手傷害殺手學弟，儘管葉伯認為自己責無旁貸，卻無法掩飾這個安排的殘酷。

「王爺叔叔，不要這樣啦！」我低聲說：「要救的活人不是只有葉世蔓呀！葉伯餘生在這樣的痛苦中噓氣的話，他的魂魄會變成什麼樣子？」

山風化為無數獸鳴，最後匯聚成一道明顯笑聲，有別於霧氣的纏綿隱密，野性狂氣中帶著一分蒼涼。雪白狛犬隔空回答：「葉枝國要是死在這裡，他的魂魄極有可能無法離開這座山，到時候就是先搶先贏了。」原來這就是犬神打的主意，祂要用這種方式留下葉伯，不讓他投胎。

「薇薇！」

「我也跟小艾一起拜託你了！真是的，娘娘都放水了，男人還這麼小氣，是傲嬌嗎？逼本小姐用美背和尾巴蹭你嗎？」許洛薇扭著腰說。

「信不信我剝了妳這張死貓皮？」溫千歲的火氣毫不意外因許洛薇的廢話升溫了。

「要打架就來啊！怕你不成？我是尊重小艾才保持可愛，老實說我忍你很久了！」許洛薇炸毛回應。

「等一下，結界不能壞，這傢伙還是會率領怪物殺人殺神。」我又指著無名氏說。

「妳到底站在哪一邊!?」

被眾人/神飆吼我也很委屈，結界外，被無名氏迷惑的大小精怪隨時會和蛇靈爆發大戰，溫千歲從頭到尾都沒說這個結界能防妖怪，如果沒有白峰主當我們的圍牆，那些妖怪隨時可以衝進來攻擊活人。

「已經沒有退路了，蘇晴艾，妳堅持護他，就要有大家一起死的覺悟！」刑玉陽說。

「不是只有護他而已，他是唯一有能力把學弟帶回來的人，他說葉世蔓在阿賴耶識裡，就算他退讓，學弟也回不來了，他就是學弟的前世，學弟沒有其他可以突破阿賴耶識的隱藏功力啊！」我抹掉眼淚大聲說。

「即便如此，現在有能力做出選擇的並不是妳。」刑玉陽並沒有大吼大叫譴責我的偏心與錯誤，這一點讓我很愧疚。

蘇亭山的人情用掉了，都鬼主雖不幫天界，但在這事上也不會幫我，中立已經是最大的放水。對手是天界，我根本不可能拿許洛薇去塡坑，我的底線是只能靠自己去扭轉乾坤，但要怎麼做？實在太困難了！

「阿賴耶識就阿賴耶識，在場多少死過的人了，消失又怎樣？照理說最不可能在意這種小事的就是妳！應該就是妳才對……」溫千歲看著我的目光中也帶著懷念的痛楚。

「因爲，葉世蔓不想死，也不想離開我們。」我說。

氣氛極爲沉重，這時一隻手放在我肩膀上，暖意頓時傳遍全身。我抬起臉，花臉帶來的觸覺非常眞實，儼然和活人一樣，不對，祂其實是神明。

「小艾，吾不想傷害葉世蔓，這一點千眞萬確，畢竟，這孩子是吾親手接生，肯定前生也是有些緣分。」花臉說出這句話時，我留意到無名氏專注聽著。

在澎湖葉伯的故鄉小漁村中，老一輩都記得葉世蔓出生的傳奇，葉枝國的媳婦忽然羊水破了，比預產期足足早了半個月，當天更出現媲美強颱登陸的暴風雨，電力、交通皆中斷，小漁村周邊淹水倒灌尤其嚴重，唯一的婦產科醫師在稍早前就已經在醫院接生，還有其他產婦排隊中。村子裡有過接生經驗的老人一摸說是難產，不去醫院準沒命。

正當葉伯備感絕望時，村長帶來一個黑衣女子，說是因暴風雨班機取消的遊客，本身是婦產科醫師，正在找民宿時聽說有產婦困在附近，自告奮勇徒步過來幫忙。

由於時間已經耽擱不少，眾人都擔心產婦撐不下去，風雨入夜後愈加狂暴，決定在家進行緊急生產，又派壯丁冒險到獸醫家敲門借了手術與輸血工具。

村人就這樣接力般用盡一切辦法保住葉家母子。天亮後曙光燦爛，大夥趕緊將母子倆載到醫院，醫師檢查後認爲手術技巧精湛，縫合沒問題，住院觀察後續無感染即可，新生兒也很健康，過程有驚無險。

眾人忙碌告一段落後，葉伯想重重致謝恩人，黑衣女子早已不知去向，四處打聽卻發現村長根本不記得自己有帶人來，更無一人記得那名黑衣女子的長相，村人紛紛傳說媽祖顯靈。

殺手學弟分享這段往事時，說他這條命是媽祖娘娘救回來的。也許這才是葉伯硬著心在殺手學弟小五時就要他成爲乩童的原因，也是葉伯答應媽祖娘娘最後任務的關鍵。孫子欠了媽祖娘娘一條命，媽祖娘娘爲了眾生安危要求葉世蔓返還一部分，葉伯焉有拒絕的道理？

「我相信您，您很好心，偉大又正義，還保護著我們……但我不能當您傷害葉世蔓的手。」我只是爲學弟的命運感到悲傷。

「天人在世蔓出生那晚就來封印他的力量了，唯獨聲音無法完全封住。他是這片島嶼的孩子，無論前世如何，他都有這個資格以葉世蔓之名活完這輩子。這是吾與師姊據理力爭的結果，然而，這孩子註定命運坎坷。」花臉盯著無名氏臉孔說。

兩位媽祖娘娘替葉世蔓爭取了時間，監護人葉枝國也在麾下效力，危險罕見的魂魄轉世不意味著覺醒，沒沒無聞過完一生的例子也不少，既然無名氏跟天災沒兩樣，圍堵洪水不如疏濬，因此天界容許靈活做法，只是要求一旦葉世蔓的意識出問題，參與斡旋拖延的地祇必須善後，意味著承受第一波犧牲的倒楣鬼不是天界。

導火線大概是殺手學弟放棄成爲正式乩童，打從那一刻起，拘禁計畫就被迫運轉了。

「看吧！葉世蔓就這樣消失並不代表不幸。蘇晴艾，『妳』也是泥菩薩過江自身難保，至少他不想當妳的累贅。」無名氏說。

「那是指冤親債主還沒下地獄之前，現在我輕鬆得不得了啦怎樣！」我惡狠狠地說。

「小艾妳有用力呼喚學弟的名字讓他衝破精神封鎖醒來嗎？」許洛薇問。

「我試過了，漫畫都是豪洨。」

「噢。」許洛薇失望。

束手無策之下，只能兵行險招。

「我只是想讓主將學長先就醫，拖看看有沒有轉機，再等幾個小時也好，看在前世的情分上再包容女兒一次嘛！爹——」我二話不說對著王爺跪下，拿出畢生功力撒嬌。

「……」這次沉默前所未有地漫長。

「妳叫我什麼？」溫千歲艱難地開口。

「爹爹呀！」我回想夢中情景，坦然回答。「想說你應該比較習慣古代稱謂。」

「噗！」無名氏笑得歇斯底里，完全無視他的命還掐在主將學長手上。

「本王啥時成了妳爹？」溫千歲額角爆出青筋。

「我夢到前世喊你爸爸了，還會有假嗎？就算是乾女兒我也當跟親生的一樣，沒必要害羞啦，有你這個爸爸我超驕傲。」我十指交叉祈禱般地說。

可惜溫千歲不這麼想，他全身都在顫抖，捏著拳頭看起來很危險。

「第一，他那一世終身未婚；第二，不是爸爸，是『八十八』，你習慣喊我們的排行。」笑夠了的無名氏總算大發善心代為解釋。

「欸？」我手裡僅剩的救命稻草剛剛變成空氣了。還有八十八這是什麼詭異的排行？以此類推，舅舅不就是九十九？為何要用這麼剛好的數字欺騙我的感情？

「有如實現一千年份的夢想，這次還眞是大開眼界。」無名氏喜聞樂見我出糗。

「你要自己休眠還是我揍到你休眠？我們只需要葉世蔓，不是你這個連名字都不記得的前世。」主將學長猛然低頭對無名氏說，後者因爲距離過近又僵住了。

「差一點就親到了，要不我去幫一把？」許洛薇湊近我咂舌小聲道。

「許洛薇妳給我去樹洞裡反省。」

半晌，就當我以爲他要暴起發難之際，無名氏像是被打敗似地長長嘆了口氣。「還眞的是被這些人間神明防住了『我』，果然像那個人說的一樣，地方比中央難纏。」

雖然搞不懂魔王短短幾秒心境發生何種宇宙洪荒變化，但他終於肯服軟退讓了！萬歲！

我灰灰地站起來，拍掉膝蓋沾上的泥土，心中還是很惋惜不能和溫千歲親上加親。

「把他交給我，八八，好不容易再見，得好好道別對吧？」我眞誠地對溫千歲說，順便賭一把，只要是用疑似前世的口吻說話，他們似乎總拿我沒辦法。現在絕對不能讓溫千歲實踐天界的計畫。

溫千歲果然眉峰深鎖，半晌掙扎地問出口：「妳有想起我的事嗎？」

「我們進行了一場遊戲，那時候大家都很快樂。」

王爺表情追憶，末了凝成一抹苦笑。

「你現在倒是良心發現，知道要告別了？」無名氏則被告別兩個字激出濃濃的怨念。

「這是做人的基本道理。」我眞的沒有在偷酸許洛薇，只是盯著她五秒鐘而已。

「妳在酸我齁！」許洛薇搓搓鼻子，走了兩步，巧妙地擋在溫千歲進攻路線上。

我在無名氏旁邊單膝跪下，腦海一片空白，但我明白，這是無法重來的重要時刻。

你會代替葉世蔓甦醒，不是想搶奪他的人生，而是接納了他的求救，有緣的陌生魔王，我能對你說什麼？又該對你說什麼？

「我覺得天界對魔神仔實在是有點小題大作，魔王啥的，我堂伯家也有兩隻啊！」此刻第一個想到的竟然是蘇靜池，實在是莫名其妙又無比自然，不提他感覺好像少了什麼。

話題起了頭接著就好辦了。「堂伯說過，佛教中的魔，眞正的意思是『磨』，所以雙胞胎兒子是給他的磨練，你也一定是作爲某個人或某些人的考驗誕生的。不像天界想蓋起來當看不見，我沒打算認輸哦！你現在是人類，不接受反對意見。」

「你啊！又在嘮叨一樣的話，要我怎麼相信你沒恢復記憶？」無名氏說。

「第二件事，白娘子，過來。」我自作主張招手。

白娘子遲疑著挨近，同時偷瞄著主將學長，似乎不明白偉大的主人怎會對一個受傷人類毫無還手之力。

「這裡有一個你需要道別的妖怪……不對，女孩子。」

無名氏抬起左手，白娘子愣了一下，才戰戰兢兢地將臉蛋枕在他的掌心。

「妳做得很好，令我印象深刻。」

「您永遠是我的master，無論是何種性情的您……」白娘子泫然欲泣，在無名氏手中變回了小白蟒，傷心地纏繞在他的手上。

無名氏幽幽望著我：「但我不像有人為你付出一切，白娘子說得對，那一世我沒有全力讓那個人記住最好的自己，因為太過膽小。這輩子我就再退一步，繼續聽你的話，讓葉世蔓代替我，好好見識你的人間道如何走下去。」

魔王答應將殺手學弟從阿賴耶識帶回來了！我一方面欣喜若狂，同時卻也有幾分心痛。

「老二，江河怎不能逆流？不是有海嘯嗎？你心中的那個人總有一天會乘著海嘯回來，雖然不是現在的我，但我祝福你們有朝一日相逢。」我不知怎地衝口而出。

那一瞬青年眼中的悲傷，和殺手學弟偶爾對著虛空出神的目光重疊了。

他以視線掠過眾人，對主將學長眨了下眼，嘲弄地微微搖頭，最後對我說：「你連那個約定也沒想起來，真拿你沒辦法……」

「什麼約定？」

無名氏沒有回答，靜靜閉上雙眼陷入沉睡。

「學弟還會醒來嗎？」我聽見自己緊張的聲音。

主將學長伸手探了探懷中青年的頸側說：「心跳呼吸正常，應該是睡著了。」接著他輕輕放下葉世蔓的身體。

「讓他自然醒爲佳，畢竟這孩子經歷的陷落比死亡更深。」都鬼主建議。

「小艾，包圍我們的妖怪沒有恢復正常，反而更激動了耶！好像我們拔它們主機電源線一樣。」許洛薇說。

「考慮到這是外人帶來的災難，在諸山峰之主與徒眾平靜前，要請你們把這個人類青年交給我方監管，然後，盡速了結任務把那小女孩帶走，即便大君和媽祖娘娘同意合作，但吾輩的忍耐有其限度。」黑山主冷不防化爲人形自大霧走出，金綠色的蛇瞳滿是敵意。

差點忘了，黑山主是葉伯任務失敗的手術預備役，溫千歲中了我的情感勒索不再強硬堅持給殺手學弟喉嚨來一刀，這時候，原本就在拘禁計畫中占有一席之地的黑山主不得不作爲保底手段行動了。

正要繼續挺身而出，一枚纖纖玉手抓住我的手臂，明明力道不大，我卻動也不想動，彷彿站著就地睡著，全身輕鬆。

「都鬼主歷代吸納無數道儒釋三家和薩滿知識，對鬼神之事總能找出對應方法，山神更是我輩天天打交道的對象，先道，次交，最後不行，就是打。您可願與我說道說道？黑山主大人？」中年ＯＬ打了個呵欠，在我眼中顯得無比帥氣。

「美人，可惜現在不是約會的好時機。」從這句話可見，異類山神對缺乏翅膀尾巴的都鬼主並無好感。

「只是想問閣下，令弟還在進行所謂的任務嗎？」都鬼主一針見血。

「小心作弊零分。」許洛薇涼涼添了一句。

護弟心切的黑山主無法像犬神四處打醬油亂入撒歡，的確是個硬傷。

「他就是本山主的任務。」黑山主盯著昏睡的殺手學弟說。

兩條任務線微妙地交叉了，若說拯救陳宓是白峰主領到的任務，剛剛白峰主爲何遲遲不出手，只做些微不足道的助攻？雖然現場高手如雲也是事實，難道眞是遵循神明讓人類優先自救的原則？但這不就表示白峰主在本次任務中加不到多少分嗎？

倘若，黑山主打算用自己的功績爲弟弟請命，對於葉世蔓的控制權志在必得就能理解了。

「話說，媽祖娘娘的文書上眞的白紙黑字寫著救陳宓嗎？那樣一來白白不就有理由直接出手，幹嘛還要拐彎抹角呢？要是白白直接揍趴劉君豪，不讓陳宓被附身，丁鎮邦說不定就不會受傷了，我們剛剛也不用困在原地。」結果是許洛薇問出這個淺顯的疑問。

黑山主只遲疑了半秒，但也足夠了，表貓妖實人精的許洛薇立刻追咬：「吼哦～搞了半天你也不清楚自家老弟的任務內容。」

「胡說！我怎會不知道！澎湖的媽祖娘娘想要我們幫忙救祂的新代言人，無論如何，這人類女孩平安無事就夠了！」黑山主有點惱羞。

「她怎麼看也不能說是『平安無事』欸，光襲警和殺人未遂就要揹前科了，都是你弟沒及時阻止。」許洛薇指著精神嚴重受創的陳宓說。

黑山主啞口無言，我則被許洛薇的話勾起一個念頭，立刻蹲到雙手反銬趴臥的劉君豪面前。對於他前世是我的祖先這件事，我其實根本不在乎，但從無名氏提及他的熟識口吻判斷，劉君豪前世會是一到九十九神祕排行中間的某個人嗎？

「我會不會也下地獄？」劉君豪似乎感應到冤親債主下地獄的極度痛苦，從剛剛起一直處於驚恐交加。

「地獄會主動吞噬業力完熟的魂魄，陽間存在因緣牽扯複雜，不會直接被地獄帶走，而是繼續隨波逐流，通常是一層層墮落到陰間放棄收容，無法投胎轉世便難以再續前緣，拉力不夠時，舊緣腐朽，新緣欠缺，距離地獄也越來越近，才會遭地獄吞沒。」都鬼主說。

「這麼說吧！你這輩子還有點時間造些別的什麼業，把自己掛在人間的輪迴因果上。」術士不正經地補充。

「話別只說一半，你就對他解釋清楚嘛！不是只有做壞事才叫造業，而是你不管做什麼事都在造業，都會被記錄在阿賴耶識裡，你的人生尚未結束，將來恐怕是千夫所指，到哪都被人厭惡，但你還是有機會做好事賺點功德迴向。」我努力回想著堂伯的教學內容。

劉君豪狼狽地抬起臉道：「下地獄也不能補償我虧欠過的那些人，我想贖罪！我會去自首投案，隨便法官怎麼判，我不會再逃了。」

「你在審判時就照實說是冤親債主鬼附身，法官買不買帳無所謂，但我希望你說出真相，就算被當成瘋子，但那也是最接近事實的證詞了。還有，陳宓刺我學長的那一刀，警方一定會追究原因，她也是被附身才動手，你替她認下吧！權當彌補你綁架她。」我說。

「我會的。」劉君豪說完無聲流著淚。

儘管劉君豪沒出現想起前世的任何跡象，但從他對我的話照單全收的服從態度，果然還是能看出某種慣性。「──就是這樣，我們很願意幫白峰主爭取更好的待遇，希望黑山主大人也能給我們行個方便。」我搓著手說。

黑山主還未回答，俊秀的白衣青年捧著刑玉陽的防水天幕和營繩從霧中走出。

Chapter 14 / 立身處世

白色單衣不時出現銀閃閃的反光，身形頎長的青年露出半片健壯胸膛，腳上踩著木屐，一頭及肩白髮像是為了懺罪截斷長髮後的造型，丹鳳眼與挺鼻薄唇，充滿仙氣的古風帥哥，優雅卻不失肌肉，畢竟原形是強壯的大蛇。

第一次見到白峰主的人形，只能說當初人類新娘太不識貨，分明是個充分滿足少女幻想的純情山神，真是浪費了。

「大君說，你們有五分鐘時間搭好棚子。」白峰主一登場只說了這句話。

由於白峰主看著我說話，我很自然走上前接裝備，白蛇山神過於專注的眼神讓我有點發毛，下意識錯開視線快速退回。

濕度急遽升高，刑玉陽臉色一變，不顧和黑山主的談判進行到一半，立刻揪著我用逃命速度開始搭帳篷，同一時間，術士夥同屍體少女拿出外帳，接著刑玉陽的天幕增加遮蔽面積。

幾乎在我們躲進棚子裡的那一瞬，瓢潑大雨應聲墜落，打在肌膚上都會痛，嘩啦啦地連對話都聽不見。劉君豪被放置原地淋雨，除了遮雨棚面積有限真的塞不下，另一個原因則是都鬼主說大山神降下的暴雨比淨鹽水的驅邪效果還好。

劉君豪的確需要驅除冤親債主附身殘留的邪氣，反正他底子好淋不死人。術士則站在都鬼主身後充當防雨牆，差不多全濕了，刑玉陽和我也站在遮雨棚近外側盡可能地替主將學長和殺手學弟抵擋飄飛的雨絲，把虛弱傷病患留在中間。

撲面而來的純淨水氣令人暢快，我差點想走出去接受洗禮，許洛薇卻很孬地縮小躲進我的領子，這已經不是天空下漆彈而是下砲彈的程度了。

山神們靜默地站在雨中，像是對上空的某個存在表達恭敬，也彰顯著對下層精怪絕對支配、不容越雷池一步的強勢力量。四面八方水霧朦朧，黑山主、白峰主與保持獸形的犬神卻顯得無比清晰，霧氣中竄出無數吼叫與腳步聲，卻在突破白峰主霧牆前一秒功虧一簣，跟著大雨歸於寂靜。

暴雨足足下了半個小時，我則趁這段時間用都鬼主提供的繃帶替主將學長包紮傷口，原本想請專業的都鬼主直接幫忙包紮，可惜她將繃帶遞給我之後微笑聳肩，我只好自己動手。主將學長的傷口看起來暫時沒流血了，貼在傷口的藥符則散發著一股牙醫藥水的嗆鼻味道，我只能替他用繃帶盡量紮緊腰部，祈禱接下來的撤退動作不會又扯裂傷口。之後雨勢轉弱，依然淅淅瀝瀝，刑玉陽一開始就有先見之明將天幕搭在高處，放眼望去，一度因地獄門開啓被燒焦的枯凋又恢復涓涓細流。

大雨好不容易完全停止，但周圍也變冷了，我哆嗦著捏住鼻子悶悶地打了個噴嚏，殺手學弟卻在這時呻吟幾聲睜開眼睛，沒想到醒得這麼快，我還以爲他起碼會睡個一天一夜。

「你們怎麼都來了，這裡是哪？阿公呢？」他看了看纏在手上的小白蟒，不懂爲何一票人像小雞似抱團蹲著躲雨。

「葉世蔓，你還記得多少？」主將學長習慣使然開始問話。

「我只記得吃完阿公煮的粥太累睡著，怎麼了？爲何這麼多陌生人？那隻狗……藏獒能長那麼大？」殺手學弟指著雪白狛犬道。

從阿賴耶識回來的殺手學弟終於連陰陽眼也覺醒了。

「白頭髮的是白峰主，還有他哥黑山主，石頭上一個人坐著的是溫千歲，我跟你形容過王爺的長相，沒錯吧？你旁邊的少女是陳宓，趴在地上看不見臉的是劉君豪。還有這兩位是聞元槐和他師父，是蘇家的故交，來幫我們的。」我對外還是用假名稱呼蘇亭山，畢竟他的本名不能外傳，和蘇家的淵源更不適合到處講，在很多涉及他人的敏感情報上，殺手學弟被我刻意隱瞞也的確是事實。

「那個穿制服的高中女生呢？」殺手學弟露出警戒神色，衣衫單薄站在雨棚邊的少女怎樣看也不像活人，偏偏又有實體。

「那是我的高中同學，現在變殭屍啦！之前在KTV大火裡陷害我們的就是她，別在意別在意。」許洛薇搖搖手。

「薇薇學姊？」殺手學弟一眼就認出我的室友。「妳這樣說根本害我更介意了好嗎？」

「哈哈哈哈……」許洛薇發出銀鈴笑聲。

現在只剩搞定黑山主，大夥就能收工回家了。「學弟，回去以後我們會好好對你解釋，現在聽我的話行嗎？」

「當然，我一直都很聽學姊的話。」殺手學弟溫順應完，在場不分人神，眼神都有點複雜。

「白峰主大人，媽祖娘娘的任務到底要你做什麼？你總要完成某個目標才能回去對娘娘的代表葉枝國回報吧？」我問。

「不確定，委託上只註明任務地點時間，期盼達成『最好的結果』，我只好提前埋伏準備。」白峰主表情無辜，完全看不出曾是瀕臨發狂邊緣的蛇靈。

「難道媽祖娘娘的任務沒有成功標準？」還眞的開地獄模式了，忍不住幫白峰主點蠟燭。

作爲地獄門開啓的前鋒控場，不讓人間以外的異類越雷池一步，同時——救與不救深惡痛絕的人類？這才是給山神的像樣考驗。所以白峰主一直在苦惱怎麼做才會出現最好的結果，一路看風向……最後他決定「什麼都不做」？

「你不能早點告訴我嗎？」黑山主恨鐵不成鋼數落。

「這是給我的考驗不是嗎？兄長亦過於操心。」白峰主說。

「黑山主挺辛苦的喵……」許洛薇搔著鬢髮。

「是啊。」我居然有同感。

「還有，大君說通過考驗的諸位都可以獲得獎勵。」白峰主道。

「還不賴……你說什麼⁉」黑山主雖然沒炸毛，長髮卻飄起來了。

術士首先反應過來：「原來如此，這就是所謂的『奇遇』，這趟我們來對了，師父。」

「他說得沒錯，這囡仔即將成爲師姊的接班人，自然也有屬於她的考驗與戰鬥。」花臉望向從雨棚中跌跌撞撞走出跪坐在地的少女。「反正機會難得，師姊覺得多叫幾個人來參戰，有機會搭個便車向大山神拿獎品也不錯。」

「不該先問問當事者的意見嗎？」我說。

「那就有勞蘇晴艾妳去解釋了。」花臉攤手。

都親切到耍賴了，請給粉絲保留一點幻想空間啊！我對前媽祖娘娘這點偏偏討厭不起來。

「……就是這樣，其實是澎湖的媽祖娘娘委託山神來救妳。」我只好簡單扼要轉告陳宓她的特殊體質以及被神明看上的事。

「以後我要跟著媽祖娘娘修行？」陳宓恍惚地問。

「那倒是不必，陳宓，好好考慮清楚妳是否眞要追隨一位神明，當初吾的隨從葉枝國年紀太小，吾總覺得他賭上終身過於衝動了點。」花臉道。

「為何聽到阿公的名字，我錯過什麼了嗎？」殺手學弟一臉茫然。

「媽祖娘娘不只一個，聽說還有輪班制。」我拍拍剛開眼就承受價值觀衝擊的殺手學弟肩膀。

「這位不是澎湖的媽祖娘娘，為何感覺好熟悉？」殺手學弟凝視著花臉。

「當然熟啦！這位在你出生前就低調變裝改駐守崁底村了，你都不曉得在王爺廟和祂擦身而過多少次。」許洛薇說。

眼看話題越扯越遠，我趕緊拉回重點：「媽祖娘娘不是想要正統代言人嗎？」

花臉在陷入混亂的少女面前彎腰道：「一個飽受蹂躪的絕望女孩顯然無法好好思考，至少須阻止更嚴重的傷害發生。娘娘不希望代言人渴望逃避現實才跟隨祂，因祂那邊的現實更加嚴酷，普通人雖然有痛苦的時候，想獲得安穩的生活還是比較容易。」

媽祖娘娘居然是為了給陳宓一個回頭的機會，降低她出家可能性才破例介入陽間犯罪。

「大君決定賜二位山界自由通行權，爾後莫要再有生祭法諸如此類利用大量山中生靈的伎倆出現，希望二位能避免製造人鬼妖獸之間的糾紛，還有不要欺負山裡的小動物。」白峰主語音方落，都鬼主身邊的屍體人偶倒地不起，迅速被土地吞沒。

「既然如此，禮尚往來，這妖鬼便送給大君，我也使喚夠了。」都鬼主在譚照瑛完全陷進地底前，將一個小竹筒扔到屍體少女身上，內容物大概是譚照瑛的魂魄。

許洛薇和譚照瑛之間的恩怨情仇，隨著譚照瑛的屍身魂魄歸於塵土，總算徹底劃上句點。

「山界和陰間有些相似，都可以起到收留與改造魂魄的效果，比如說那些轎夫，原本都是將要崩毀的魂魄，受到山神庇蔭才沒墮落成魙，姑且稱呼爲『魍魎』好了。」都鬼主見我還有疑問，指著一處樹蔭道。

這幾天很熟的藤蔓轎夫又出現了。

「這是借我們運送傷患的意思嗎？」我再度確認，白峰主點頭。

「白白是不是在害羞？」許洛薇問。

「我哪知？」搞不懂許洛薇爲何要在這時候說廢話。

「刑玉陽，上回多謝你搭救之恩，吾懇求大君連同本次考驗賜予你相襯的報酬。」白峰主此時儼然化身爲頒獎典禮司儀，我則充當翻譯。

話說刑玉陽的能力還眞穩定，殺手學弟、主將學長以及我的感應能力都進化了，他還是聽不見異類說話，果然是「沒必要解封」嗎？想想殺手學弟的情況，我倒是不覺得刑玉陽的能力有缺陷，畢竟他本來就是連左眼的白眼都不想要的，也不知怎地就覺醒了。

看刑玉陽的表情就知道，他根本不期待大山神的獎勵，但也沒有不解風情拒絕，反正人家要給就爽快地道謝收下，省得白峰主整天在那邊記掛。

白峰主指向天際，刑玉陽跟著仰望，空中一顆閃亮雨水精準地掉進他的右瞳，他飽受衝擊似地單膝跪地，一手按住右眼，整個人縮了起來。

「刑學長！」我小心地拉下他的手，刑玉陽仍緊閉雙眼，好像很痛的樣子。

「你們對我做了什麼？」他忍耐著站起，張眼對著白峰主的方向怒問。

「呃……學長你好像兩顆眼睛都變成白眼了，看得見嗎？」

「比單眼時還要模糊！誰要你們雞婆了！」刑玉陽氣到不行。

「大君說多修煉即可，習慣後會比以前方便很多。」白峰主自動跳過刑玉陽的抗議。

「我就是因爲有這眼睛才不方便！」

「刑學長你不用我翻譯也聽得見白峰主說話了？」我好奇問。

主將學長更是直接走到刑玉陽面前扳著他的臉檢查。「眼睛還好嗎？」

「看什麼都像蛋花，一時半刻能力還無法關閉。」平常還能靠右眼普通視力撐一下的刑玉陽此時就是個睜眼瞎子，還退化回兒時難以操控的白眼暴走期。

「這小子還眞是不識抬舉。」黑山主哼道。

大山神把刑玉陽右眼的封印也破解掉了，我的媽！

「我的獎品呢？」許洛薇乖覺地搶過話題。

「日後自然分曉。」白峰主說。

許洛薇的獎勵被賣關子了，似乎也不是人人自大山主那邊得到的獎勵內容都被公開。

「蘇晴艾——」

「我的部分不管有哪些獎勵可以直接轉給葉世蔓嗎？多少都行，只要能讓他日後的人生自由一點，少受些前世因素方面的刁難。」我一聽到自己的名字，趕緊截斷白峰主的宣告。

「學姊！妳不需要這樣！」殺手學弟叫道。

「錯！你不懂事情已經變得多麻煩了，我們這點分數還不夠塞牙縫！」我還沒天眞到認爲無名氏主動沉睡，天上人間對他的猜疑就能一刀兩斷。

「大君說葉世蔓協助關閉地獄門有功，依蘇晴艾的願望，賞汝二人在山界中自由行走。」比我想像得更好，將來天界若想找碴還得先過大山神這關，殺手學弟只要苗頭不對就往山裡鑽，山神想留人，我們也有逃跑的自由。

「我實在不記得自己到底做過什麼了，應該算好事？」殺手學弟不好意思地抓著劉海。

「大君！舍弟此番到底能否得一巫者？」黑山主冷不防對空中大吼。

眾人打完怪準備作鳥獸散，媽祖娘娘的接班人候選還跑進山裡秀了一波，難怪黑山主要著急了。

「兄長！我說過此事莫再提。」白峰主有點彆扭。

「葉枝國還未就此事給出回答，你在崁底村歷練時見過此人，將你的事代稟媽祖的神媒，此番也是澎湖那位娘娘推薦葉枝國來我們這兒供職。既然葉枝國命不久矣，臨終時業報糾纏白白浪費了那身經驗資質，沒有我們庇護或馬上投胎，他很快就會變成惡鬼。可不是只有人魂才會變成魙，妖魂也會，而且更容易因此去糾纏仇人。」黑山主索性直接對弟弟挑明重點。

「你認為本王護不住自己人？」溫千歲五官結霜。

「閣下願賠上修行與陰契資格違誡去救一個連自家神媒都不是的人魂？葉枝國註定要在體衰氣弱的晚年被這輩子結下的仇家追殺報復，貌似他也不想繼續在閣下的廟裡吃白飯了。」黑山主犀利反激道。

要是溫千歲在這裡一時衝動許下承諾，我們就虧大了！不好意思，和玫瑰公主的男追求者與女嫉妒者戰了四年的蘇小艾我必須參上啦！「黑山主大人有這個閒工夫還不如去說服葉伯或物色新的神媒，我們平地也是有許多明珠蒙塵的待業靈異人士。」

「妳——」

「王爺叔叔，你也應該要尊重葉伯的決定，說不定他考慮後覺得媽祖娘娘推薦的新老闆也不錯啊！」我不給溫千歲擦槍走火的機會。

「我阿公快要死了？」殺手學弟驚問。

「白峰主需要一個隨從，葉伯則是想死後繼續跟著媽祖娘娘修行，雖然不清楚他想跟哪位媽祖娘娘，不過我覺得他應該比較喜歡卯大大啦！」許洛薇朝花臉比讚。

「吾暫時沒有收隨從的打算，師姊則是覺得葉伯在山界的發展更好。」花臉說。

「葉枝國的業障和你過去領著他大開殺戒也脫不了關係。」犬神道。

「是的，雪刀君，所以吾不想再讓葉枝國跟隨了，畢竟護衛各自的子民總要付出代價，非我族類，難以同心。」花臉把玩著不知何時收回手上的小刀。

□

葉伯去留問題陷入僵局，憑葉伯性格知道孫子脫困後大概會拒絕山神隨從的邀約馬上下山，顯然黑山主也清楚這一點，既然是沒辦法的事，爲啥還在那邊大小聲？該不會黑山主還是不死心，想用葉伯的悲劇動搖殺手學弟，拿他來填坑？

我一回神才發現許洛薇貼著殺手學弟咬耳朵。「許洛薇妳在和他說什麼？」

「細節姑且不論，我認爲學弟應該要知道重點。」許洛薇扠腰說。

「我發作雙重人格摸了小艾學姊的胸部？」殺手學弟臉色慘白坐倒在地。

「還有親她脖子留下吻痕。」主將學長把帳算得一清二楚。

「目前葉世蔓的前世自願沉睡，暫時算解決一個問題，但白峰主沒有精神慰藉還是會繼續惡化墮落，只是時間早晚，大家正經一點想想解決辦法好嗎？」我用力捶著樹幹說。

「不然小趙或小高撥一個去，我們廟裡也好少個吃閒飯的。」溫千歲還在記恨。

「吵架留到有空的時候你們自己再約，我要快點帶主將學長看醫生！」我忍不住發飆。

看過白峰主的巢穴後，有些想法我不吐不快。「黑山主大人，我懂你的擔憂，但無論令弟把巢穴打造得多宜人美好，不是原本就嚮往深山隱居外加和大蛇結婚的姑娘，絕對沒辦法待在這種狹隘又孤獨的地方，還沒有網路！這不是白峰主的錯，就像我的好朋友說過，跨種族眞的很困難。」

「網路……」白峰主低語。

「白白終於會抓重點了。」妖貓欣慰道。

妳上回自我檢討的跨種族問題呢？許洛薇！

「死心吧！這裡沒可能讓你們蓋基地台或電塔。」黑山主冷哼。

許洛薇索性走到白峰主面前仰頭問：「白白你想要什麼樣的神媒？非得是葉伯不可嗎？」

一蛇一貓嘀嘀咕咕，白峰主指向我，我方包含溫千歲在內的雄性生物臉色頓時非常難看。

許洛薇直接打掉白峰主的食指。「拍謝，這傢伙表達得不好，白白是想要可以像小艾對我這樣對待他的神媒。」

許洛薇忽然變回原形，威風凜凜站在我身邊，愛現地朝殺手學弟噴了口無害的火焰。「沒有小艾的話，現在我可能已經在吃人了。」

殺手學弟望著許洛薇的妖貓化身出神，喃喃道：「標準有點高。」

「畢竟這傢伙是笨蛋啊！」刑玉陽用力按著我的頭說。

「刑學長你都看不見了掌法還這麼準？你是少林寺出身的吧？痛痛痛！」我的頭蓋骨可能凹陷了。

桃花眼青年驀然走到白峰主面前專注打量，饒是殺手學弟已經不矮了，站在人形山神前仍是小了一號。

「白峰主，我聽說過你的故事，也曾送你一程，我養的寵物蛇後來變成你的手下。貌似白娘子闖了不少禍，你能否放她一馬？」殺手學弟舉起右手，展示纏在手腕上的小白蟒。

白峰主點頭。

「我不想和阿公分開，打算帶阿公下山，也沒興趣當你的神媒，你會不高興嗎？」

白峰主搖頭。

「那好，你這個朋友我交了，以後寒暑假，我上山來陪你解解悶，直到我們幫你找到合適的巫者，這樣應該能爭取一點時間吧？」殺手學弟揚起大大的笑臉說。

「愣著幹啥？白白，握手啦！」許洛薇放出鬼火充當慶祝特效。

山神與人類的手握在一起，訂下新的盟約。

「等一下，葉世蔓的前世真的沉眠了嗎？他該不會用魔魅趁機勾引吾弟？絕對不行！我不容許！還是現在就分開他們！」黑山主就是無法信任魔王的轉世如此友善大方。

「學弟，唱兩句張惠妹的〈姊妹〉。」我開始覺得有點煩了。

「可是我比較喜歡〈聽海〉耶！」殺手學弟還是順從地引吭高歌。

「這下你沒疑義了唄！」我面無表情說。

「我想把他惢在山壁上，叫他閉嘴。」黑山主一臉痛苦，站得最近的白峰主也轉過臉努力忍耐。

「小鮮肉唱得還可以呀！你們太挑剔了。」許洛薇爲殺手學弟抱不平。

「許洛薇，大學時妳每次去KTV的朋友合照，其他女生頭髮都放下來，妳沒注意到嗎？耳塞是救命用的。」反正都是酒肉朋友，總是賴許洛薇多付些食物飲料開銷，我毫不同情，故從來沒點破玫瑰公主。

「我的玻璃心碎了一地。」許洛薇嘆氣，說不準她是無心或其實有故意的成分在。

「放心好了，我呷意像小艾學姊那樣的男孩子，你完全不是我的菜。」殺手學弟爽快地對白峰主保證。

「嗯，反正區區一個人類也打不過我。」白峰主目光好奇觀察著新朋友，語氣相當溫和。

被無名氏兩個字放倒的黑山主有苦說不出。

「沒關係啦！他們都是公的，生不出蛇蛋來，退而求其次，你們兄弟倆都不是他喜歡的型，魔王也乖乖回阿賴耶識沉睡，前世還恐同，不會逼你弟侍寢啦！」怎麼想都覺得殺手學弟和白峰主的友誼關係簡直是多重鎖鍊堅定保固，安全得不得了。當哥哥的果然愛瞎操心。

黑山主很人類地按著臉，勉強是不反對了。

「若我親身體驗確定山裡的環境真的比較適合阿公往生後繼續修行，我會勸他做出最好的選擇，雖說生死有命，我還是想待在離阿公比較近的地方。」殺手學弟也不隱瞞他答應和白峰主當朋友的動機。

「年紀輕輕就能做出這種進可攻退可守的務實決定，前途不可限量。」都鬼主讚道。

談判告一段落，接下來的任務分配可謂電光石火，現場分成三組，我、許洛薇、殺手學弟負責護送主將學長與視力暫時受損的刑玉陽去最近的直升機救援點；都鬼主師徒留在原地等搜索小隊趕到，協助移送犯人與人質；溫千歲和花臉則隨白峰主回巢穴報告任務，然後護送葉伯下山。

我完全不擔心術士將現場合理化的能耐，借用魍魎轎夫的服務，我這一組移動速度勘稱草上飛。許洛薇認為這一次她的表現機會太少，要我別跟著篙藤箱，她要親自載我。

據說堂伯已經聯合神海集團與許家，出動私人直升機外加醫療隊趕來了。

「為啥變成大陣仗了？蘇亭山聯絡蘇靜池時到底怎麼說的？」術士拿出衛星電話時的瀟灑動作還是讓我很眼紅，人家就是有本事不受靈異力量影響和地形限制使用高科技。

「大概從我們入山失蹤後，妳堂伯就決定拉人入夥出錢出力，神海集團總裁上次話說那麼絕，還是凍未條來撈白眼的兒子，至於我爸媽想救妳很正常呀！」許洛薇說。

我趴在許洛薇翅膀中間，抱著妖貓的脖子，被火焰毛皮的溫度烘得很舒服，忍不住將臉深深埋進去。觸感仍有一半是虛幻，即便許洛薇有模有樣地載著我爬山，依舊算隔空移物，她畢竟只剩魂魄了。

「薇薇，要是老城堡待不下去了，我們以後就這樣到處冒險怎樣？」我輕聲說著只有她聽得見的話。

「好喔！」她笑盈盈的聲音聽不出任何不安。

花了大約一小時抵達位於寬稜的救援點，中間跳過登山客起碼耗上一天甚至不可橫越的危險地形，擁有術士外表的式神已經等在那，魍魎轎夫躍下峭壁一溜煙鑽進密林，將我們留在露天空曠地帶。

主將學長變得更虛弱了，萬幸傷勢尚稱穩定。

直升機到來前，式神用蘇亭山那涼涼的討厭聲音開始與我們統一口供。首先是我們的登山路線從加羅湖改成南湖北峰，我、刑玉陽和殺手學弟在登山口管制前就從網路追蹤登山者爆料，偷偷入山想幫主將學長抓壞人，滿懷熱血打算拯救被綁票的高中少女。其次，主將學長在營地被前來偷食物的劉君豪刺傷後將其制伏上銬，擔憂傷勢惡化全滅，讓人質看管犯人獨自折返求援爭取時間，補員後的搜索小隊只會記得他們在最後內鬨的營地發現劉君豪和陳宓。

主將學長因大霧迷路，沒遇到隊友反而被我們發現了，由於刑玉陽和我的特殊背景，我們被更強大的民間救援力量帶下山安置，媒體方面則由神海集團統一壓下，集中報導立委組織高手隊與個別警察的傑出表現。總之，爲了隱瞞靈異存在，大家都使盡吃奶力氣。

□

直升機飛了兩次，第一次殺手學弟陪同主將學長先行就醫，我和刑玉陽還特地躲起來，等刑玉陽死命壓制住白眼恢復正常瞳色，才裝作路上出了意外導致腳程落後姍姍來遲。

第二趟救援，直升機直接飛到許家五星級飯店頂樓停機坪，看來許媽媽又打算讓神海集團總裁荷包失血了，我和許洛薇住進熟悉的總統套房，刑玉陽則被安排到其他房間。

國王皇后高貴登場，一身狼狽的我除了心虛還自慚形穢。許媽媽一見面就緊握著我的手，沉默寡言的許爸爸則有著一張撲克臉，看上去深不可測。

「楊鷹海這色老頭生的任性兒子，居然拐學妹去抓危險的殺人犯。」

「阿姨！是我的錯！我……我夢到薇薇說丁鎮邦這次抓犯人會有危險，想幫丁學長的忙，乾脆先斬後奏偷跑！刑玉陽是無辜的啊！」許媽媽知道許洛薇極哈主將學長的往事，直到主將學長畢業後還主動問我好幾次他們進展到哪，我只能老實說主將學長記得許洛薇的名字還有她是我的好朋友兼室友，對於女兒俗辣的表現，許媽媽也看開了。

「都自己開店的大人了，沒攔住妳就是他不對！」許媽媽選擇性執法。

「要罵就罵楊鷹海吧！是他讓刑學長無依無靠，出事不知該求助誰，主將學長是他最重要的人了。丁鎮邦託他照顧我，他救了我很多次，如果許媽媽妳堅持責怪刑玉陽，我以後就再也沒臉見他了，我不想失去這個朋友，拜託您……」

經過我努力不懈幫刑玉陽求情，許媽媽總算同意一切都是神海集團總裁的錯。他們只是特地趕來確認我眞的沒事，讓我好好休息就離開了，處於驚愕狀態的我也沒能說幾句貼心話。

洗過澡換上睡衣的我還是很緊張。「薇薇，妳爸媽有必要爲了女兒的朋友付出這麼多嗎？我是知道他們很喜歡我啦！但我堂伯也是有能力的人，實在不用太麻煩他們。」據說爲了全程保密不讓我們被獨立媒體或司法系統盯上，連機師和救護人員都是國外請的傭兵。

「都說了我爸媽想收妳當乾女兒，妳就是不信。」許洛薇趴在雙人床上說。

「這個我眞的只能心領。」

「對了！小花！」我猛然想起這樁遺漏的大事，連忙撥打戴姊姊手機詢問小花情況。

「蘇靜池先生要我這幾天待在住處別去上班，診所也放我假，我一直都在陪小花玩，小花和平常一樣，沒有異常。」戴姊姊這樣回我。

我一頭霧水將夢見小花開口說話兼指路的怪事告訴許洛薇。

「既然是ARR超能力發動中，妳夢到的當然不是眞的小花啦！小花就是普通野貓，都住在一起瞞不了我，還有我們剛把小花撿回家不久就送牠去結紮了，是妖怪或神明還能忍嗎？」許洛薇比了個「喀嚓」的動作。

許洛薇最後一句說完，我和她同時囧了。

「我也是這麼想，這樣一來裝成小花的存在又是什麼呢？」

「又給妳引路，又自稱老夫，會不會是當初在學校裡提醒我的老鬼？」許洛薇靈機一動。

「如果那個裝貓存在都跟監我到山裡，是天界探子的可能性比較大。這次出動的神明都是地祇，天界不可能沒派耳目在附近。」我說。

「知道也不能怎樣，天界太遙遠了，我和地上的存在比較有話聊。」許洛薇接著問：「話說總算擺脫冤親債主，妳怎麼好像不太開心？」

「現在想想還是沒有實感，本來預估要慘烈地打一仗，忽然就結束了。」我其實很激動，只是繃斷那條弦後反而沒力氣表現，千頭萬緒消化不了塞滿肚子。

「現實就是這樣啦！太多意料之外。」許洛薇說。

「前世和死因，妳要先說哪一個？」我冷不防出手。

「我去看刑玉陽在房間裡幹嘛～」許洛薇鐵了心準備將拖延症末期患者的功力發揮到極致。

罷了，我也有煩心事尚未解決，冤親債主已不再是威脅，許洛薇妖怪化的事也板上釘釘，我在乎的都是過去的問題，多點耐心水到渠成不會有錯。

眼一閉就掉進黑甜鄉，不知睡了多久，我砰的一聲掉下床，整個人都醒了，望向時鐘，勘勘過了一小時。

揉揉臉，渾身痠痛，幸虧睡前先吃了止痛藥和肌肉鬆弛劑，恢復情況比預期得好。還不確定主將學長的治療情況、堂伯在做什麼以及其他人進度的狀況下，我不想睡太久。

玫瑰公主趴在被我踢開的棉被上，我懷疑此賊貓就是把我偷偷移到床邊的凶手。

「妳去刑玉陽的房間後還去哪探險？也混了不少時間。」

「沒啊！就一直窩在白目他房間看精采畫面。」此刻許洛薇臉上洋溢偷腥的滿足。

「他一個人在房裡有什麼好看的？許洛薇妳該不會趁他衣服沒穿好又去偷看人家腹肌？他現在白眼都升級了沒揍妳嗎？」我頭立刻變重了。

「他是上空，可惜趴睡什麼都看不到咩！」許洛薇表示她只是好心想替刑玉陽檢查有無需要上藥的小傷口。

「妳這色貓終於連窩邊草也不放過嗎？」我無比震驚。

「才不是！普通的關心！」許洛薇氣嘟嘟地強調。「我眞的想看還需要跟妳假仙嗎？」

「說得也是。」太有說服力了我居然無法反駁。

「不過我想知道他能不能發現我的潛入偷襲哈哈！」

「妳純粹太閒找抽吧？」

「白目這次眞的累到睡死了，還好我有在旁邊守著。」許洛薇忽然正色道。

「難道有敵人偷襲？」

「談不上是敵人！就他老爸偷偷潛入。」

「刑玉陽不可能沒鎖門吧？」

「不過訂房客人是楊鷹海的說！畢竟是他買單嘛，當然有房卡。」

「……」我花了兩秒反省自己的愚蠢。「他偷偷摸摸去刑玉陽房間幹啥？」

「妳也覺得恐怖齁？我當時可緊張了，想到好多本子上的發展，比如『爸爸眼鏡髒，他跟他媽媽生得一模一樣』……」許洛薇舔著指尖說。

「髒的是妳的腦袋，重點！」

「白目頭髮濕答答就睡著了，楊鷹海拿吹風機幫他吹乾，還有蓋好被子，然後一直坐在旁邊看他，白目居然沒醒，簡直神了！」許洛薇覺得這種發展也很有趣，於是繼續偷窺到楊鷹海離開爲止。

「早知如此，何必當初。」我半點也不同情楊鷹海。

我知道這個老人想法很複雜，他對親情哪怕有任何一絲絲念想，也無法彌補對刑玉陽母子造成的傷害，但刑玉陽很久以前就對和生父扯上關係毫無興趣。

接著我總算接到主將學長縫完傷口打來報平安的電話，醫師擔心傷口感染，加上有些貧血過勞症狀，還是要他住院三天休養，主將學長父母也趕到醫院並接手照顧，現場沒有殺手學弟用武之地，於是我要他回來這裡和刑玉陽作伴，畢竟刑玉陽的白眼狀況不穩定，搞不好會吸引來一堆趁機對他不利的妖魔鬼怪。

然後我們一邊大休息一邊靜候各方善後消息。

□

第一次搭飛機，冬天的澎湖海風很大，太陽也很烈，風景色彩鮮明，一切閃閃發光。

擔心玫瑰公主搭飛機飛到一半掉進海裡被洋流沖走，三申五令她必須留在刑玉陽身邊幫忙戒護，我則在下山第三天就火速訂機票帶著殺手學弟踏上這次的澎湖行，甚至等不及和葉伯會合。

越快表態越好，遲了說不定天界又冒出其他小動作。

這次行動我沒和任何人商量，但也沒刻意隱藏行蹤，按照我對某些長輩的認識，他們早就在看著我的一舉一動，既然沒有遭到攔阻，頂多是事後被問起再報告。

路上我抽空和殺手學弟細細解釋他失去意識後的經過，青年的臉色紅了又白，白了又紅，煞是精采，然後照三餐對我道歉。

「你如果眞的感到抱歉，就帶我去媽祖娘娘的地方，然後乖乖配合我。」我也不急著說些原諒的話，畢竟本來就沒怪過葉世蔓，但有些事還是得狠下心來處理。

殺手學弟沒問我打算怎麼做，我也沒告訴他此行目的，他向來聰明，應該也從我的態度中感知到，唯獨接下來我要做的這件事沒有商量餘地。

來到天后宮，明明是遊客絡繹不絕的熱門古蹟，此時卻不見半個人影，五開間三進落的古老建築上方，彷彿聳立著一座巍峨華麗的虛幻樓閣。

跨過神明家門檻大概就是這種感覺吧！儘管觸目所見還是凡人的精緻工藝，空間也沒有無中生有擴大幾千坪，卻有種身處於開闊之處的錯覺。

我在媽祖娘娘神像面前跪下合掌，殺手學弟則跪在我旁邊，前方緩緩吹來一股溫柔的香風。

「娘娘，謝謝您的同伴卯大人照顧溫千歲那麼久，以及在這次任務中守護大家。」

花臉的神器小刀不知為何又恢復原形跑到我的口袋裡，和許洛薇商量後這個神祕現象可能代表澎湖的媽祖娘娘想見我，順便讓我歸還小刀。

我雙手捧著小刀，就要放上神壇，卻感到有雙無形的手輕柔地觸摸我的臉，於是我停下動作靜靜等著，過了一會兒，那雙手才收了回去，神祕存在感卻沒有進到神像裡，而是停留在我頭頂上方。

該怎麼形容好呢？那就是足以隔海和大山神對話的等級，非常震撼，即便只是垂眸也具備著巨浪般的威嚴。我昂起臉，盡可能讓視線能高一些。「但作為一個凡人，蘇晴艾無法認同這次娘娘的做法，請您放棄葉世蔓，他是專屬我的責任。」

殺手學弟震驚地看過來。

「天界若要追究，希望他們直接與我交涉，相信陽間再也沒有比我更能抑制這個魂魄闖禍的人了。葉枝國、葉世蔓和娘娘您感情深厚，我認為必須當面向您請求。」

香風從我的左肥游移到殺手學弟肩畔，彷彿在問：葉世蔓的意見呢？

殺手學弟掙扎許久，牽住我的衣角。「對不起，娘娘，以後我只想聽學姊的話。」

我在香煙繚繞中彷彿看見一個迷路的胖胖小男孩怯怯拉著白衣女子裙襬，跟著她越過波濤，回到焦急的葉枝國懷抱。

殺手學弟脖子上掛著的新護身符無端鬆脫，玉墜落地碎成兩半。青年熱淚如傾，他退後兩步咚咚咚磕了三個響頭，起身走出天后宮，我低頭說了聲謝謝，追上殺手學弟。

我想無名氏願意沉眠的原因，一定也包括這輩子的「葉世蔓」被主將學長點名需要，眾多人神妖精始終維護著另一個自己。老二啊！你肯定沒預料到轉世後竟能擁有這麼多形形色色的羈絆，然而，無名氏嘴上不承認，卻是理解了，畢竟他是能聽懂緣分深淺的專家。

我和殺手學弟漫無目的牽著手散步，誰也沒先開口，最後來到一處海濱，波光粼粼，濤聲反反覆覆演奏著亙古的旋律，既安心又寂寥，殺手學弟的家鄉風景。我跟他彼此都清楚，打從媽祖娘娘想將他囚在山中孤獨老死那一刻起，這裡就再也不是葉世蔓的歸處。

「葉世蔓，你的立足之地就是留在我身邊。這輩子，我會盡力保護你。雖然不能作爲戀人，但我會把你當成親弟弟不離不棄。你能接受這樣的我嗎？」我不躲不藏，開門見山說出思考了很久的結論。

過去，缺乏自信的我只能一再退縮，詭異的是，使我下定決心的卻是無名氏，他親自承認我的地位，葉世蔓的特別給了我說服自己與其他神明的藉口，既然魔王的前世今生都願意聽我的話，其他勢力有意見就來跟我談條件，至少現在我有點底氣了。

「我不想當妳的弟弟。」殺手學弟坦白道。「剛剛氣氛明明很好，以爲學姊突然求婚超開心的！」

「夢話留著睡覺的時候再說。」我毫不留情地吐槽。

「唉……」嘆息過後，殺手學弟難得無法保持魔性的笑容，一臉挫敗。「不離不棄，學姊太狡猾了。」

「不是給了名分嗎？等等吃飽飯再回媽祖廟結拜，請娘娘幫忙見證。反正你一天到晚都喊學姊，以後少叫一個字而已。」

「我沒有輸，只是太晚認識小艾學姊，要是只有妳和我，耗上六、七年的時間，我有把握能讓學姊眞正喜歡上我，可惜學長不會給我這個機會。」殺手學弟扼腕道。

「別牽拖主將學長，我本來就不打算談戀愛結婚生小孩，雖然冤親債主已經下地獄，短時間內還有很多問題沒解決。」

「小艾學姊，要是妳生爲男孩子就好了，學長就不會對妳告白，我也可以讓妳幸福。」

寒毛整片豎起。「你怎麼知道告白那件事？」

「唐筱眉學姊說的，要我們柔道社好好幫忙。我是不想啦！所以她離開後我就下令沒把她的話忘乾淨的社員蛙跳二十圈。」殺手學弟拔敵旗毫不遲疑。

我就知道不能對筱眉學姊大意，不愧是單刷主將學長成功的勇者，直接在我的大本營柔道社裡丟飛彈，喵的太恐怖了！

「如果我是男生，我一定喜歡許洛薇啊！學弟你確定要和許洛薇比？」我說出眞心話。

殺手學弟秒回：「那還是和主將學長比好了。」

明智的選擇，至少和主將學長比身家不會那麼切心。

「既然學姊決定負責我的終身，大家打開天窗說亮話，爲什麼我們都告白了，學姊卻不像拒絕我那樣和主將學長保持距離？」殺手學弟開始新一波攻擊。

「我又沒答應當他女朋友，他說相處方式可以不變，只好這樣了。」

「以我對學姊的認識，妳不可能因爲相處方式不變就不介意，爲什麼主將學長有特權？」

「因爲他比你大。」我很自然就這樣答了。

殺手學弟似笑非笑，我赫然發現形容不當。

「我是說年資！年資！」

「大……所以學姊要收我當小的嗎？」

「呵呵，學弟你說話眞幽默。」

明明是在嚴肅地談人生，爲啥又變成講幹話？

「好啦！我承認拿主將學長沒辦法，薇薇也是，你也一樣，我就是做不到一刀兩斷，但也不想搞曖昧讓大家心情跟著亂七八糟，至少重要的朋友這一點不會有錯，能不能更進一步，我現在不就在跟你確認了嗎？」

「所以我比主將學長更早和妳確定關係嗎？」殺手學弟有點開心又不是很開心。

「對。」我屏氣凝神等待他的答案。

「順帶一問，刑學長有沒有可能？」

「沒有。」我不假思索。

殺手學弟烏雲散開一半。

「我想確認一些未來重點，第一，學長和學弟誰比較大？」青年湊近我問。

「廢話當然學長。」

「朋友和學長比呢？」

「看交情，女生有優待。」

「我懂了。男朋友和弟弟誰又更大？」

「弟弟。」我這話倒不是哄他。

殺手學弟抱胸苦惱了好一陣才握拳伸手，我立刻與他拳面相碰。

「我真的非常非常不願意，但這個姊姊剛剛將我從媽祖娘娘那邊搶過來，我要是放棄一輩子在一起的機會，同樣會後悔終身。」殺手學弟用掌根按摩太陽穴，一副頭疼的樣子。

「聊完了嗎？」黑山主直接從海裡浮出來的畫面害我差點心臟病發。

「你……您怎麼可以從山上來澎湖？」即便我已經很習慣用敬語應付神明，但黑山主是我最難產生敬意的一尊。

「本山主又沒簽陰契或犯錯被罰禁閉，哪兒不能去？事實上，我還比較習慣在海裡游泳。」黑蛇山神悄然無聲上岸，現在的殺手學弟已經能和山神自由溝通了。

不是聽說有領域地盤的敏感問題嗎？還是夠大尾就沒有過路費的困擾？

「黑山主大人是找我嗎？」殺手學弟面對一度不友善的山神，毫無畏怯迎上前。

「你們兩個都有份。」黑山主拿出幼童手掌大的陶笛，給我和殺手學弟一人發了一枚。

選了不容易製造公害的簡單樂器呢！黑山主大人。

「舍弟希望你別將時間耗費在無謂趕路上，進山吹響此笛，本山主或舍弟的下屬就會派人來接，視情況也可以直接調動魍魎轎夫，詳細指令曲調等到山裡再教。」黑山主看了看我補充：「蘇晴艾，也歡迎妳一起來。」

「請替我謝謝布薩大哥。」殺手學弟雲淡風輕地說出令我和黑山主震驚的稱謂。

「你怎麼知道舍弟眞名？」

「我們那天去合歡山送白峰主時，小艾學姊聽到大山神這樣叫他，我順便記住了。」

「不管怎麼樣也不能亂叫大哥啦！」我趕緊打圓場。

「我答應的是當白峰主的朋友，朋友之間還喊大人或代號不是很奇怪嗎？綽號就算了，除非是某種play，像小艾學姊和薇薇學姊妳們不是也有在玩？白峰主年紀比我大，所以我叫他一聲哥，又不貪他什麼。」殺手學弟潛意識還是不把山神當成需要敬畏的神明，話說回來，他對媽祖娘娘的心態搞不好更接近熟悉喜愛的長輩，殺手學弟骨子裡就不是虔誠信徒。

「管家play是許洛薇的興趣，不過我是眞的有義務以工換宿，而且她也是正港千金大小姐，你和白峰主的情況不太適合用我們類比。」我抹掉冷汗說。

「可是平常不能喊名字很困擾呀！比如說某某請你喝罐台啤，要不要一起玩大老二？又不是佛地魔。」

殺手學弟的前世從頭到尾總是用「那個人」稱呼我，我有種已經變成佛地魔的錯覺。

「眞的不能叫名字嗎？」殺手學弟和我齊齊望向黑山主。

黑蛇山神金綠色眸子睜得很大。「非得要叫……叫名字，困擾的是吾輩吧？」

這反應怎這麼像不好意思呢？

殺手學弟一敲掌心反應過來。「莫非像日本人一樣，只有家人和很熟的朋友才能喊名字？那我喊姓氏或族名也可以的，在他手下面前我還是會用職稱叫他。」

黑山主陷入兩難，我彷彿看見他前面出現一個視窗，上面有兩個選項。

（A）鼓吹弟弟進行規定稀有人類朋友喊自己大人的特殊口味play。

（B）允許弟弟的新朋友沒大沒小。

「如果布薩不介意你這樣稱呼，隨便了。」黑山主自暴自棄道。

「太好了！」殺手學弟歡呼。

「還有一事，葉枝國暫不下山，說要爲兩個月後孫子寒假來舍弟巢穴作客踏查環境，似乎夥同日本狗和一些雜妖在商量蓋木屋的事。」黑山主言下之意，是葉伯自己疼孫自願留下來整理瑣事，可不是山神故意不放人。

「阿公高興就好。」

我覺得溫千歲和蘇靜池不會很高興，但殺手學弟用他的方式扛起天、人、地祇三方關於轉世疑雲的政治責任，自願進入山神控制範圍證明自己的無害，已經是非常完美的解決方法了，也許一輩子都必須揹負這個承諾，事業與家庭不可能不受影響，黑山主也是明白這點才不去計較細節。

不知不覺都快十一月了。

「欸～越來越期待了，我到時候也揹個太陽能板上去好了，沒有網路至少可以用筆電看影片。」殺手學弟興沖沖說。

家長還在旁邊盯著呢！更加確定殺手學弟果然是把所有乖巧成分都擠出來用在我身上了，完全是準備去山上放飛自我的態勢。我不禁懷疑，在殺手學弟畢業之前，柔道社有機會用中央山脈縱走來超越魔鬼主將的記錄。

我叫住交代完畢就要離開的黑山主，有個疙瘩懸在心裡總是不太舒服。「請問，您不是真的看不出來刑玉陽來歷不凡吧？」

我身邊就沒有一個簡單人物，即使是憧憬的主將學長都被無名氏戳破內有玄機，逆天樂趣就在於起始點的卑微，現在覺得他們有這款戰力和容貌一點都不奇怪，評價反而變普通了。

黑山主詭笑：「既然他不記得自己的前身了，我何必伏低作小跪地吹捧？吃飽了太閒？」

薑還是老的辣啊！妖怪的禮貌果然是選擇性遵守。

海邊又只剩下我與殺手學弟兩人，我把玩著新入手的寶貝，試著嗚嗚地吹了幾聲，聽起來就像一般陶笛，反正我不懂樂器，殺手學弟在樂器上的造詣與我半斤八兩。

「葉世蔓，我以後就不叫你學弟了哦！」回去以後肯定會有很多人對我說教，但這是我和殺手學弟之間的事，總要有個人在葉伯過世後代替阿公來管他。

「我倒是想享受還能叫妳學姊的時間，返台前再去廟裡辦手續好不好？先玩個幾天再說，還得買給犬神還願用的高粱酒。」殺手學弟提議。

「也不是不行。」反正機票錢都花了，當然要趁機觀光，回去也只是瞎等。

一念之差就貪玩了兩天，害我後來被大人們唸到耳朵長繭。

「爲了前世的犯罪記錄就要把人關起來，你會怨恨媽祖娘娘這樣做嗎？」我想知道殺手學弟眞正的想法。

他牽起我的手，笑得前所未有的燦爛。「我最喜歡小艾學姊天眞無邪這一點。」

「啥？」事情好像和我想的不太一樣。

「媽祖娘娘第一次也是最後一次降乩，就是要我勇敢去追求喜歡的人，不然我會錯過非常重要的對象。所以我才放棄替娘娘做事。我相信娘娘，雖然一度以爲娘娘太高估嘉賢，但祂沒有騙我，我要找的人是學姊。」殺手學弟說出勁爆的往事，還說他能到台灣讀書然後退乩童訓也沒被葉伯斷絕關係，就是多虧那次降乩娘娘直接護航。

「你該不會要跟我說媽祖娘娘的棋還沒下完？」神明這麼腹黑眞的可以嗎？

「夢想的人終於到手了，媽祖娘娘果然是疼惜我的。」

殺手學弟輕輕擁抱著我，說了一句謝謝。

□

鬧得轟轟烈烈的國慶血案凶手終於落網，劉君豪的審判作業才要開始，陳宓回家後如石沉大海，國慶血案凶手的幾句證詞被內部流出，輿論開始往精神病方面辯論。劉君豪畢竟不是笨蛋，他贖罪似地維護著陳宓名聲，主動表示他將陳宓看成親生女兒，他要帶女兒逃離惡鬼。

隔年春天後我們才輾轉接獲陳宓的消息，獲救後家裡帶她去做健康檢查，大致和劉君豪的證詞相符，表示他並沒有蓄意傷害人質，陳宓也作證劉君豪在綁架她的全程中不斷提到惡鬼與疑似附身的失常行爲。審判結果劉君豪不能證實殺人時精神障礙，但他接受醫師診斷後成立一堆病名，懊悔崩潰且毫不抗辯的合作態度減輕了台灣社會對凶手的恐懼與仇恨，最後以減刑作結，劉君豪仍必須入監服刑，成爲公認的瘋子殺人狂。

陳宓決定成爲神明代言人，她在離家出走打算去澎湖找媽祖娘娘之前打電話給我，我勸她別衝動，她的一句話讓我刻骨銘心。

「那個惡鬼毀了無辜的一家人，我想弄清楚世界上爲什麼會有這種事？天理何在？那一天在山裡，你們形容我的話到底是不是眞的？如果那個世界不放過我，我不會坐以待斃。」

既然陳宓心意已決，我只好請殺手學弟護送她去澎湖。後來她轉到澎湖升學，改名換姓和家中斷絕關係，走上葉伯的老路，只差武打程度沒那麼高，這都是後話了。

Chapter 15 / 真相

「虛幻燈螢」打烊後，室內殘留著咖啡點心芬芳香氣。鋒面來襲，冷雨下個不停，鄉下田間的秋冬夜晚處處蕭瑟，咖啡館歇業保留的幾盞燈光格外溫暖渺小。

刑玉陽做了主將學長愛吃的菜色，許洛薇幫我選了一瓶葡萄酒送給主將學長當慰問禮物，今天不只是慶祝主將學長出院的深夜聚會，還是我偷偷聯合刑玉陽與主將學長布置的逼供大會。

不是排擠新認的弟弟，但前世話題對葉世蔓來說太過刺激，此外餘怒未消的學長們可能會尋故將他弄個半死。

大家對我居然偷偷和葉世蔓去澎湖找媽祖娘娘見證結拜爲姊弟的事不太諒解，覺得沒有必要。許洛薇則是很生氣，說要結拜也不先找她，好說歹說才將玫瑰公主安撫下來。

私下一對一時，許洛薇總是無限逃避我對眞相的要求，這次必須借助刑玉陽刨根套話的凶惡攻擊力以及能讓玫瑰公主輕易卸防轉移注意的主將學長。

「撇開前世不說，薇薇，妳覺得蘇福全的問題到底出在哪？」

「其實蘇福全自己也感覺出他被媽媽養廢了，卻沒有人能拉他一把，愛有多深，恨就有多深，他嫉妒靠自己站起來的哥哥，但這個哥哥從頭到尾都將他當成廢物。」許洛薇聳肩說。

「我的感想大致和妳差不多。」我使勁對付主將學長好心替我向刑大廚點的雞腿排。

「無論如何，小艾，恭喜妳擺脫冤親債主。」主將學長將我們送他的葡萄酒開了，和大家分享，許洛薇陶醉在甜甜的酒香中。

玫瑰公主正要把酒倒進盤子裡恢復原形挑戰舔兩口，刑玉陽伸手擋住杯口，許洛薇迷惑地抬起小臉，卻發現刑玉陽用發亮的白眼冷冷地看著她。

「把眞相說出來有那麼困難嗎？」

「喵？」

「如果妳還想裝傻，不如聽聽我們從妳的自殺案件裡查到的有趣情報。」刑玉陽說完朝主將學長點了點頭，主將學長拿出Ａ４牛皮紙袋。

「學長，這和我們說好的不一樣，你們什麼時候……」我跟著錯愕。

「這是許洛薇跳樓案中警方採集的證物照片，不是新發現，許家保留了一份，我向他們借來了，鎮邦也連繫上當年承辦許洛薇案件的警官，同步核實一些細節。」刑玉陽說。

「主將學長你住院不好好休息都在幹些什麼？」我愕然。

「是有點無聊，剛好長官在，託關係打幾通電話問問的程度而已，阿刑是之前就在查了。」主將學長依然看不見靈異，目前他偶爾能聽見非人聲音，尤其許洛薇的發言大致上都能聽到，此刻更是對準玫瑰公主方向說：「妳想讓小艾困在好友神祕跳樓那件事多少年？」

許洛薇閉緊嘴巴縮了縮，這才發現她對談及死因這件事的牴觸程度比我以爲的還要強硬，學長們似乎已經捉摸到一些端倪了。我連忙拆開牛皮紙袋，裡面只有一疊翻拍的現場照片。

身爲外人，許洛薇跳樓事件發生後我只有被問口供的份，許家的背景有多強大不需贅言，絕對私下進行過天羅地網的調查，連本領通天的許爸許媽也接受警方定調的自殺結論，只剩我不願承認殘酷的現實。

但這是我第一次接觸到警方保留的好友自殺證據，手指顫抖著揭起一張又一張現場照片，忽然間，一把放在證物袋裡的水果刀躍入眼前。

「我沒聽說有刀，怎麼回事？」我急問。

「第二天警方才在花叢中找到這把水果刀，由發現位置推測是從樓頂丟下，刀上只有許洛薇的指紋，警方推測許洛薇準備這把小刀想自殺，最後可能因怕血或勇氣不足才選擇跳樓。總之，這把小刀代替遺書成爲許洛薇自殺動機的佐證，當時檢調單位是這麼解釋的。」刑玉陽說。

許洛薇像隻烏龜躲在殼裡。

「完全沒有任何他殺的實證乃至情境證據。」刑玉陽說出那個令我傷心多年的調查結論。

「和國慶血案相反，劉君豪是法律上絕無可能被取代的凶手。」主將學長說。

我推開餐盤，此時已全無胃口，隱隱約約甚至有些作嘔。

「如果那把水果刀不是為了自殺，而是打算殺人呢？」刑玉陽拋出一顆炸彈。

刑玉陽說他正是用這句推論說服許家父母將私密的愛女自殺現場證物照片複本借給他。換作以往他和丁鎮邦都覺得警方的推測很合理，直到經歷逮捕劉君豪的過程，有些思維死角被打碎了。

「薇薇不可能殺人！」我想都沒想就反駁。

是的，所有認識許洛薇的人都不相信她會殺人，根本連動機或對象都沒有，她就是個好命又逍遙的富家千金，和她同住同出的我最清楚，除了柔道社主將學長看得見摸不著的腹肌，生活中還眞的沒有讓她認眞以對的存在，遑論恨到想除去。再說句不和諧的話，許洛薇想要某人從世界上消失根本不用自己動手。

許洛薇仍然沒做出任何辯解。

坐在我旁邊的主將學長冷不防抓住我的手，輕輕貼到他仍覆著紗布的側腰傷口上。

「陳宓也不想刺我。」主將學長說。

都提示到這個份上，我又不是眞的白痴。冤親債主熟練地控制劉君豪和陳宓殺人，肯定不是第一次如此操作，爲了減少直接附身自殺對魂魄產生的衝擊傷害，蘇福全改變作案模式一點都不奇怪，誰是最早的實驗案例？

我直勾勾看著許洛薇，她依然滿不在乎，只是看著現場照片時眼底微微透出一點悲傷，她正想到死別的父母。

「我自己是無所謂，說出來受傷最重的還是小艾，你們明明知道這一點，幹嘛逼我？」許洛薇對主將學長和刑玉陽這樣說。

「怎會無所謂！失去生命的是妳！我想要眞相！」我下意識嘶吼。

「蘇福全已經下地獄了，妳可以不用顧忌小艾知道眞相後會拒絕妳的保護。」刑玉陽說。

「喂喂！本小姐眞的是到丁鎮邦被冤親債主附身的陳宓刺傷瞬間才想起自己的死因，別說得我好像預謀很久好嗎？」許洛薇忙不迭喊冤。「大概是情境重疊才被刺激恢復記憶，我當時也是很震驚。」

「從頭說起，這是妳欠小艾的。」主將學長道。

許洛薇抓抓頭髮，鼓起臉頰吹飛一縷劉海，好半晌才開了頭。

「三年前的畢業典禮前夕，我在系館寫報告，等小艾趕她的動畫……」

□

儘管都要畢業了，許洛薇還是有一篇報告沒寫完，不得不請老師通融讓她晚幾天交，我則在自家系館通宵修改畢業專題的動畫作品，打算以此投稿參加國際比賽，都讀畢業即失業的設計系了，若能獲得一點比賽成績，履歷上至少不會一片空白，不顧室友挽留，即將搬出老房子的我非常拚命。

多虧我四年來用力監督，許洛薇勉強得到系上老師認同，就連最危險的科目只要能把報告寫出來也保證過關了，大小姐畢業之後便沒有繼續住在學校附近老房子的道理，不再是學生的我更無法厚著臉皮賴下來吃閒飯。

那一陣子我不斷和許洛薇發生細小爭執，她希望我留住老房子省房租，甚至想幫我找工作，這些付出對許洛薇來說只是九牛一毛，她甚至覺得連恩惠都談不上。我抱著無聊的自尊心，堅持畢業之後要獨立發展，就算是去麵攤打工也餓不死。

無論如何，當時我們意見雖有歧異，遠遠不到吵架的程度，底線之外我樣樣都讓著許洛薇，萬一連打工也找不到，熟人總比陌生人要可靠些。

許洛薇覺得來日方長，到底沒有真的勉強我，只逼我畢業後一定得跟她去環島玩個過癮再去找工作，上大學後一直懲著玩樂慾望的我也同意了，於是我們和樂融融各自完成學生時代最後的功課，我抱著把學校資源用到最後一天的省錢心態，幾乎二十四小時都窩在學校，許洛薇則離情依依溫習著校內的腹肌們。

快樂大學生活即將劃上句點，就連放浪不羈的許洛薇也充滿濃濃傷感，破天荒認眞地看起資料，頻頻向留校批論文的老教授請教問題，打算交出一份完美的報告。晚上十點，感慨頑石終於點頭的教授準備離開，也叫許洛薇別一個人留在教室。

當時中文系系館裡還有其他研究生，安全性尚可，可惜許洛薇鬥志已經乾了，打算約我出去吃宵夜再看我修作品打發時間。收拾物品時，她看見一把黑柄水果刀靜靜躺在包包底部。

「包包一直隨身攜帶，水果刀到底何時被誰放進去的，我毫無印象。」

「警方後來調超市監視畫面，拍到妳買刀的過程，剛好是跳樓前一天。」主將學長補充。

「其實妳把水果刀帶回住處了，當天似乎還沒被完全控制，不然蘇晴艾就危險了。」刑玉陽說。

「你們說的恐怕沒錯。」許洛薇語調一轉，慣有的歡樂嬉鬧蕩然無存。

夜深了，拿起水果刀的許洛薇迷迷糊糊地打開刀套，一陣麻痺漸漸從指尖擴散到全身，口渴難耐，陌生的殺意瘋狂湧現。身體彷彿不屬於自己，許洛薇眼睜睜看著雙手自動摸索著手機，打開聯絡欄後靜止不動。

所有聯絡人都是奇怪綽號，那雙手試打了最常撥打的幾個號碼，其中一通被許媽媽接到，立刻又掛斷了，後來許媽媽以爲那是許洛薇的道別訊息。

「蘇福全不知道，小艾討厭接手機，我們沒在一起時都是用通訊軟體和ＢＢＳ聯絡較多。當時控制我的那股力量想把小艾約到偏僻地點，我覺得不太妙，就把手機丟進孔雀魚缸了。」

殺意越來越強，許洛薇感覺被劫奪大半的身體要直接去獵殺目標了，於是咬牙往樓頂走。暴怒之後麻痺感消退少許，情況卻依舊飛快惡化，玫瑰公主只知離我越遠越好，附身力量要她下樓，她就偏偏往樓上走。

幾乎是走兩步退一步的拔河狀態，到頂樓時許洛薇已經快虛脫了，手裡仍非關本人意志緊緊握著水果刀。

汗濕長髮亂七八糟黏在臉上，許洛薇無意識仰頭望向懸掛在天空中的滿月，月光流瀉，雲氣波湧，一股古老野性在內心深處鑽撓，恐懼如潮水般退得乾乾淨淨，可惜此身將非她所有。

大概是腎上腺素爆炸吧！總之幫大忙了。天兵的許洛薇這樣想，看過無數恐怖電影、小說的玫瑰公主確定自己遇見傳說中的鬼上身，開始冷靜思考要怎樣才能脫困，她才不想殺人，還是殺自己的好朋友。

一個人和空氣僵持了二十分鐘，沒有半個道士或修仙者路過相助，倒是不慎失神人已經走到樓梯口，意識宛若即將繃斷的弓弦，侵入她的邪惡力量瘋狂地散發一個意念——叫著蘇晴艾的名字，笑著走過去，趁她毫無防備時用刀捅進肚子，一下、兩下、三下，然後是心臟和喉嚨，要看到血，很多很多的血。

啊啊，真的撐不下去了……當時手腳並用又爬回到護牆邊的許洛薇只剩下這個念頭。

還剩多少時間？四秒？三秒？

時間倒數忽然停止，剎那間整個世界被月光染成銀白，許洛薇自由了，她生來就該是乘風翺翔、睥睨眾生的某種存在。

「老娘跟你拚了！」許洛薇用力將水果刀扔出牆外，爬上護牆，趁那光輝的一瞬尚未消失，穿著白色小洋裝的長髮少女一躍而下。

□

「妳在想什麼？許洛薇妳到底在想什麼？」我完全愣住了，只能像鸚鵡一樣重複句子，刑玉陽和主將學長也充滿錯愕。

「那個，新聞不是每年都報有人從七樓八樓啊十幾樓的，甚至跳傘失敗半空掉下來沒死嗎？中文系這不才六樓？我覺得自己很有希望，反正只要沒死，以我家的財力和人脈怎樣都能救到好。」

「許洛薇妳是豬嗎？中文系館是有遮雨棚或大樹和花壇？沒有！底下是石磚！妳還給我頭部著地，妳當是跳水？而且那是六樓頂！妳不是畏高？」淚水不受控制迸出眼眶，我又氣又恨，怨自己沒察覺許洛薇被蘇福全襲擊，任她孤伶伶地走上死路。

「當時眞的覺得不高嘛！差不多就門檻的程度，完全不怕，就很普通地跳下去，啪地死掉。事後恢復記憶時，我也很尷尬！」許洛薇垮下肩膀。「仔細想想，大概那時候有覺醒一點妖怪的感覺，眼高手低就……嘿嘿！」

「妳還笑！」

「小艾，妳過去不是問我怎麼死的嗎？眞的是意外啦！我當時也不想死，以爲最多受重傷，我一跳出去惡鬼就離開了，沒料到死得那麼乾脆就是，好像也不會痛，跟睡著一樣！」許洛薇企圖淡化跳樓悲劇。

「是我的錯，妳爲什麼不說是我牽累妳？還把過程忘掉？」我全身開始止不住顫抖。

「什麼時候變成妳的錯？明明就是冤親債主的錯！說出來也許你們不信，我從來沒有恨誰害死我，不是我原諒蘇福全，比較像小花不會恨身上的跳蚤，想恨也恨不起來，就是一隻跳蚤，不想浪費我的時間。」許洛薇很努力地解釋。

「沒有恨，爲何變成紅衣女鬼？」

「擬態成前世？不然咧？火焰毛皮，爪子。」許洛薇無辜地說。

我快爆炸了，這什麼跟什麼？

「雖然沒有恨，可是小艾有危險，敵人逃跑了，我很生氣呀！這大概是我用這副模樣醒來的理由吧？我要毀滅那個想控制我殺小艾的傢伙。」她低頭撫摸著殷紅的布料。

「爲何蘇福全不衝著我來？」我快喘不過氣了，握拳用力捶著胸口。

「妳當時心燈還沒熄滅不是嗎？成天耍孤僻，只有我一個好朋友兼室友，他不找我找誰？」許洛薇說她要整理思考，拖延老半天還眞讓她整出一套道理。「蘇福全想要弄熄妳的心燈，他才有機會上身操控妳自殺，逼我去殺妳，就算沒得手，我們的友誼也會碎成渣渣，我身敗名裂，妳被趕出老城堡流落街頭，搞不好很快就崩潰，到時候隨便都能弄死妳。」

她說的是事實，我無言以對，畢業後我完全是靠老城堡的幸福回憶與房屋庇蔭活下來。

「刑玉陽你在小艾大一時看過她的心燈吧？怎麼樣，在我掛掉之後她還撐了兩年才滅。」許洛薇翹首問。刑玉陽曾經短暫加入過柔道社，我和他還近距離練了一個月的柔道，數年後的重逢我完全沒認出他。

「乍看很普通，還算亮，光芒有點淡金色。」刑玉陽形容。

「聽起來還不錯。」許洛薇說。

「那是我不知道她的父母高三時被冤親債主害死，有過那種經歷，想法那麼負面還能保持平常的亮度，這就不尋常了，就算心燈熄滅也活跳跳的，她是我見過的第一個。」

反正有問題的部分都是前世遺產，我認輸了不行嗎？

「妳怎會這麼傻？」我哽咽到語不成句。

「都說第三次了，就是意外。我自己也要負點責任，要是當時不是一個人跑到頂樓，沿途就近找學長亮刀或遇到路人就搞點事讓對方報警逮我不就好了？沒經驗就是麻煩。」許洛薇不想承認她有一半是笨死的。

我不殺伯仁，伯仁卻因我而死，無知的我還大言不慚地邀許洛薇一起冒險，那些共進退的宣言與決心回頭看去都像是一則笑話。我該如何償還？我永遠賠不起玫瑰公主這份犧牲！

許洛薇越是表明不在意，我就越是痛苦，爲了許洛薇將生死置之度外的我，也帶給擔心我的人相似的痛苦嗎？我卻無法解脫，更不願放手。

「對不起，我想一個人冷靜。」我沒頭沒腦地說完逕自往外走，剛跨出大門就由快走改爲狂奔。

冷雨立刻淋了我一頭一臉，此刻我只想找個沒人發現的角落把自己埋起來，直到喉嚨燙得冒煙，雙腿再也跑不動，像個遊魂沿著路肩漫無目的亂走。

過了一會兒，後方跟隨的人影縮短距離，我才聽到腳步聲靠近。

主將學長拿著傘追來了，只是沒有馬上叫住我。

「在感冒前回去吧？」他像護住一座沙雕似地用傘遮住我的頭頂。

「學長，我要回哪裡才對？蘇福全下地獄了，到頭來也沒替我爸媽報仇，薇薇被我牽連，我沒資格放下，連對葉世蔓許下的承諾都沒用了。」明明一切正在好轉，下一秒卻掉進深淵。

「當事者都不在意了，妳又是何苦？」主將學長問。

「我要是能看開，怎會走到今天這一步？」

「許洛薇還在，不是嗎？」

「可是她死了！沒辦法投胎！那些只有活著的人才能做的事現在都沒用了！」

死亡還原許洛薇本來面目，即便在妖魔鬼怪中她也是孤獨的孓遺種，身為許家千金獨生女，擁有一對開明融洽的專情父母，顏值滿分，福報簡直逆天，許洛薇照理說能長命百歲，連魂魄也越來越像人類，這輩子作為怪胎大小姐活到滿嘴皺紋結束，或許下輩子她就能孕育更接近人類的七情六慾，然後，真心接受人類作為伴侶，繁衍下一代，不再孤寂。

小心翼翼累積經驗，由獸化為人，不就是某隻前世妖貓之所以投胎成玫瑰公主的願望？

「我」才是奪走許洛薇人生的意外，除了我，她本來可能擁有更多重要羈絆，跟血肉之軀分享平凡的幸福。

主將學長抱住我，我像碎裂的水瓶般嚎啕大哭起來。

「我大學畢業之前，只見過妳哭了一次。」主將學長低沉的嗓音響起。「可是這一年來，光是在我知道的範圍，妳就哭了好多次，從以前到現在，妳到底在大家看不見的角落裡掉了多少眼淚？」

「主將學長，你提這個做啥？現在不是在講許洛薇的死？」

「不，就連許洛薇也是在訴說妳的事。」主將學長否定道。「和附身妳的許洛薇第一次聊天時，我怎樣都沒辦法將她當成死人。她也是爲了自己的願望追逐著妳，就像葉世蔓，不是妳就不行。所以小艾，妳不能將自己抽離，認爲沒有妳，他們還可以繼續過自己的人生。」

「爲什麼？我們只是剛好讀同一間大學才認識……」

「妳前世是不是對不起人家？」

哇靠！主將學長你可以再更直接一點！

被他這樣一說我哭不下去，開始推著他的胸膛想退開，沒想到他摟得更緊了。

「許洛薇跳樓後，我每次回來找阿刑，都會繞來妳和許洛薇的住處看看，有時聽鄰居說妳去打工了，有時聽說妳好幾天才出門一次，偶爾也看過妳在庭院除草餵雞，那棟老房子裡的時間彷彿停止一樣。以前沒想過要打擾，畢竟這種情況我也不知該怎麼幫忙，就像阿刑需要『虛幻燈螢』，那棟老房子對妳也是必要的。」主將學長說。「那時我以爲，還能練柔道，應該是沒問題吧？妳遲早能走出來。」

主將學長高估我了，我光是在老房子裡苟延殘喘就已耗盡心力，柔道社除了有各種回憶和友善的人們，也是我現實地認知到，想打工混口飯吃，再怎樣都不能讓優於一般女生的體能掉下去，而能免費訓練與運動的地方就是柔道社。

「學長你來找我，爲何不打聲招呼？」我是會尷尬，但也很高興呀！

主將學長那時被筱眉學姊甩掉不久，不覺得他來看我有曖昧動機，不如說想要把時間投注在朋友和後輩身上，給自己找點精神依託和生活重心是人之常情。

「我有想過，如果妳看到我，我就和妳打招呼了，不想讓妳有壓力，妳從以前就是把社團和私人空間分得很開的人。」主將學長說他也不是忍者，很普通地站在路邊望望就離開了，加上我神遊天外與閉關在家的本領不是一般地高強，我們居然可以連續四年都沒面對面說過話。

「有天傍晚我到老房子旁，看見妳在修剪圍籬。」

主將學長刻意停留久一點，想看看我能不能發現他，結果我只是低頭整理長得亂七八糟又不開花的玫瑰叢，忽然停下動作怔怔落淚，過了一會擦掉眼淚又走進去了。

「我想不能再這樣下去，結果還是拖了好幾個月，直到被阿刑拜託幫忙戴佳琬的問題，想著或許此事能帶來轉機，就聯繫妳了。」主將學長一開始只是希望我多點鬥志，他也有理由把我介紹給刑玉陽，「虛幻燈螢」需要幫手時，就會優先考慮找我，平常又可多個可靠的朋友關注他的小學妹。

主將學長就這樣抱著我說了一大堆話，我只能一邊讀秒同時希望有裁判快點分開我們，黑漆漆的雨夜，無人的馬路，爲啥大家都這麼喜歡演偶像劇！救命！

「學妹，妳不想和許洛薇繼續當朋友嗎？」主將學長的問題很尖銳。

「當然不是！但我沒臉在老房子裡繼續住下去，也不知道要怎麼面對許洛薇。」還好冤親債主已經出局，至少到了我該捲鋪蓋走路的時候。許洛薇那邊有戴姊姊作伴，當然不是從此不往來了，等我找到工作和新住處，能夠不那麼依賴她，那時我的心應該就不會那麼刺痛了。「我想要和薇薇變成像刑學長和主將學長這種相處方式，如果她沒遇到麻煩，我就爲自己的人生負責，萬一她出事我再兩肋插刀。」

主將學長想了想說：「那妳要跟我走嗎？」

「欸？」

「我或許洛薇，妳選一個，阿克夏記錄開閱者睡覺不能沒人盯著。」主將學長強硬道。都忘了還有這茬！

主將學長毫無預警靠近，嘴唇貼著我的額頭輕語，熾熱吐息直接落在皮膚上，我抖得更加厲害。

「眞想直接把妳抓走。」他說。

主將學長！快醒醒！你是奉公守法的好警察啊啊啊！

「要不要回去和許洛薇和好？老實向她說謝謝就可以了。」主將學長若有似無蹭著我的臉，傘面越降越低，他想遮什麼啊喂！老天爺的目光是雪亮的！

「要！我要！我這就回去跟許洛薇說謝謝！」蘇晴艾，妳是小孬孬！

「很好。」他爽快地放開我，換了個姿勢環住我的肩膀，另一手繼續撐傘，非常專業地將我押回「虛幻燈螢」。

一走進咖啡館，我像被鬆開項圈的獵犬直撲獵物，主將學長則站在門口收傘抖掉雨水。

「許洛薇！我想通了！謝謝妳！還有我衣服被雨淋濕了，先去沖個熱水澡！」接著我以S形身法繞過刑玉陽直取二樓。

「咦？我以爲她會鬧彆扭鬧很久耶！學長你也太行了吧！怎麼哄的？」玫瑰公主的姨母笑

充斥一樓。

「作爲學長的忠告，她還是聽得進去。」主將學長穩重地回答。

我頭皮發麻，加速爬樓梯的衝刺速度，恨不得多長兩隻腳。

□

換上放在客房的備用衣物，我東摸西摸吹乾頭髮的同時，樓下傳來刑玉陽在廚房動鍋鏟的聲響，他們居然繼續開吃了，還有沒有天理？

帶著濃濃怨念下樓，眼前畫面一派溫馨，刑玉陽炸了一堆牛蒡絲又做了好幾樣小菜，經過兩波海嘯衝擊，許洛薇還沒交代的前世此刻只剩飯後水果的價值了。

眞不想讓這三個前世都是危險存在的重要親友在我背後偷偷交流資訊，尤其是連前世記憶一併想起的許洛薇，要是被她亂帶風向，對我過於不利。

天人交戰後，我咬牙下樓，許洛薇露骨的八卦視線立刻像貓舌頭般將我舔了個遍。

「妳還欠我前世沒說！」

「像在看Discovery頻道，沒遇到小艾的前世之前，我住在某處群島的海邊，肚子餓就找食物，吃飽就睡覺，食物來源不足就換個島，同樣的角翼貓就只有我一頭，眞的超級無聊。」

許洛薇叼著牛蒡絲。

「妳那時吃人嗎？」刑玉陽問。

「也是有吃。」許洛薇坦然承認。「不過我沒到處亂抓人喔！人類不是我的主食啦！那裡的落後古人會定期送祭品給我，小孩子很可愛也很香，可以的話我也會養看看，但不是生病就是受傷，最後只能快點結束他們的痛苦。」

「我的前世……」

「小艾的前世……」

主將學長和我同時出聲，我僵硬地看著他。還好主將學長不是問他自己的前世，我默默祈禱他永遠想不起來，接著得小心封住許洛薇的嘴巴，雖然我連該封什麼也不清楚。

「小艾的前世是一個很閒不過很厲害的怪人，他來找我玩的時候，就是一直在murmur家裡的瑣事，舉例來說，也有老二和八十八的問題。」許洛薇這時忽然智慧大爆發，選擇春秋筆法，我還以爲她會直接洩光我的底。

許洛薇對我眨了下眼，像是在說「妳不想知道的部分本小姐就大發慈悲跳過了」。

「所以那個排行到底是什麼？居然多達一百個！」

「小艾不記得，妳上輩子開的後宮可厲害了。還有不是一百個，是一千個唷！」許洛薇對我豎起大拇指比讚。

「我聽妳放屁！」我旁邊就坐著可能是千人眾排行第一的轉世，連老二遇到他都縮得像鵪鶉，不要嚇我！

「溫千歲和葉世蔓與我前世到底是什麼關係？我會直接和王爺核對，許洛薇妳後果自負。」我只能就確定排名的人物問許洛薇。

「真沒意思，是師徒啦！」許洛薇揭曉謎底。

我鬆了一口氣，幸虧是可以接受的關係。「這麼說來我收了一千個徒弟？」

夢中的神祕勢力原來是門派，仔細想想也還好嘛！但那些弟子年紀都比我大，難道我是天山童姥？莫非是修仙門派，我剛好返老還童？

我不著痕跡打量著主將學長的反應，他帶著做筆錄的表情記著許洛薇的發言，倒是沒出現疑似人格變化的徵兆。無名氏的黑料顯示，主將學長前世是我討厭的類型，他還是保持現在這樣最理想。

「既然如此，擁有ARR超能力也不奇怪了。」刑玉陽將我沒吃完的雞腿排重新熱過後加了水煮青花菜和梅子番茄放上來。「好好鍛鍊，以後說不定還有其他前世弟子覺醒惹麻煩牽扯到我們，妳的責任自己處理好。」

「刑學長你知道我的前世反應就這樣？」我也想爆料他上輩子是大神了——認眞想想又沒有眞材實料可爆，令人扼腕。

「許洛薇的話不靠譜，妳又沒想起前世，我權充參考。」刑玉陽平靜地說。

「我是當故事聽解悶，現在想起這些好像也不能幹嘛。」許洛薇聳肩。

「像葉世蔓的前世那種人，在小艾的弟子裡很多嗎？」刑玉陽又問。

許洛薇回想，「應該說好運中了籤王，那個老二在小艾那些惡貫滿盈的弟子裡也是個極品魔王，黑吃黑的一把好手。」

「惡貫滿盈？這是什麼形容詞？」我握著叉子刺進一顆番茄。

「沒說錯呀！妳收弟子的關鍵條件就是『將來會下地獄』，爲了救他們，才把那些怪物收來調教……輔導改善。」

「妳剛剛是不是混了一個奇怪的字眼進去？」我額角冒出青筋。

「好吧！就讓本小姐勇敢地揭櫫眞相。妳前世超黑超S的，連老二那種魔王都被妳調教成只會對師父咩咩叫的小綿羊，妳現在這副呆樣果然是報應啦！」許洛薇拍桌站起狂笑。

「呵呵，我不記得了，隨便妳怎麼造謠。」我就說這些前世情報果然沒營養。

「小艾，葉世蔓的前世人格在山洞裡到底怎麼對待妳？除了他承認的部分還有哪些？不許隱瞞。」主將學長這個敏感問題一問，許洛薇的笑聲也停了，歡樂的氣氛頓時蒙上一層陰影。

「沒了，只是覺得他業務很不熟練又有潔癖，前世可能處男到死。因爲我很生氣老二亂非禮，就叫他罰跪然後我去睡覺休息。」

「……」學長們和許洛薇看我的眼神變得好詭異。

「我就知道你們不相信才沒講！眞的沒什麼！」誰知魔王畫風崩壞那麼快，我百口莫辯。

「我信了。跟前世記憶對照，就覺得應該會是這樣沒錯。」許洛薇拍拍我的頭。

主將學長乾咳了一聲。「小艾，做得好。」

「許洛薇，妳呢？我前世有對妳不好嗎？」我擔心地問。

「一言難盡，就說妳前世是個變態，不過大致對我很好的！最初我只有想到自己，吃得飽睡得香就滿足了，不想認識誰也不想走出去，我會變得博愛好像就是被前世的妳影響，覺得那樣雞婆也挺帥的……之類。」許洛薇托著臉頰露出懷念的微笑。

宴席結束後，大家都有喝酒，雖然只是薄醺，刑玉陽還是要我們留宿，於是我和許洛薇合睡客房的單人床，主將學長去刑玉陽房間打地鋪。

今晚這場聚會後，主將學長還是主將學長，刑玉陽還是刑玉陽，許洛薇還是許洛薇，我蘇晴艾——也還是原來的我，這件事比冤親債主下地獄更讓我開心。

我躺在床上，許洛薇飄在床沿挨著我，正當我昏昏欲睡之際，她冷不防朝我吹了口鬼火，冰冰涼涼的觸感立刻害我張開眼睛抹了抹臉，紅衣女鬼笑容曖昧。

「老實招供，丁鎮邦用上面還是下面威脅妳？」

「都沒有！我就是賢明地接受了學長的忠告！」

□

許洛薇天未亮就跑出去玩了，感應到這點的我只咕噥兩聲要她小心別惹麻煩，一翻身繼續睡回籠覺，清晨時分，窗外隱約傳來雞鳴，一陣敲門聲響起。

空襲警報！我立刻閉上雙眼放鬆全身，把呼吸放到最輕，打定主意裝睡到底。昨天聊到凌晨才睡，刑玉陽居然打算叫我起床跑十公里？還有沒有人性！

房門咿呀一聲被推開了，和許洛薇一起睡時忘了鎖門？該死！「虛幻燈螢」很安全，我只是不想被抓到裝睡，那多沒面子！

腳步聲來到床邊，人影挨著床站立。「小艾，妳醒了嗎？」

怎麼會是主將學長？

我用畢生功力維持沉睡的假象，內心驚聲尖叫。

主將學長不會做出趁女生睡覺偷親這種沒品的行爲，我必須相信他的操守。等等，他過去已經光明正大親上來！BOSS來刷我了，救命！我決定他再靠近就直接跳起來往外衝。

「你打算對小艾做什麼？」房門外響起刑玉陽的質問，簡直是天籟。

主將學長稍微拉開距離。「許洛薇不在房裡，我感覺得出來，只是想確定小艾沒作噩夢或發動超能力。」

正當我欣慰這只是一次單純的巡房，就聽刑玉陽冷笑一聲，「你騙小艾可以，想唬弄我還是省省。」

「……順便看著她，到她醒來。」主將學長追加解釋。

「沒有想偷親？」刑玉陽單刀直入。

「想。」男子漢的回答。

如果目標不是我，我會很高興地幫他加十分。這就是看人吃米粉和變成米粉的差別。

「哦？」刑玉陽也走過來了，現在是怎樣？

「想歸想，不會做，小艾討厭這樣。」

這才是我敬佩的主將學長！

「我有話要對你說，關於小艾的。」刑玉陽說完，冷不防戳了下我的臉頰。

幸虧我對許洛薇的裝睡神功瞭若指掌，平常也是這樣試探她，此刻的我明鏡止水槁木死灰氣息不亂，儼然物我兩忘。

「我也是，正好在小艾面前把話說清楚。」主將學長應道。

「你先。」

「你對小艾是怎麼想的？」主將學長一刀戳在我的胃上。

「麻煩的學妹。」

「我要聽眞心話。」

「超級棘手無比麻煩的學妹。」

還給我免費升級，我用力地謝謝你啊大哥！

「你喜歡她嗎？」主將學長發揮鍥而不捨的精神。

「她都睡在我的床上了，你說呢？」

慢且，前面都還很正常，刑玉陽你是不是背錯台詞了？

「哪種喜歡？」

「不想讓你染指她的那種。」

「我不會放棄的，就算對手是你。」

空氣中興起冰冷波動，髮梢有如沾染露水般傳來涼絲絲的感覺，難道是刑玉陽發動白眼了？

「誰是你對手？我他媽的沒戀童癖！」刑玉陽直接言語暴擊。

「……什麼意思？」

「這傢伙的魂魄才十二、三歲！根本是未成年兒童！你下得了手？」

無止境的沉默蔓延在兩個男人之間，我終於參透他上次說我不適合談戀愛的原因，刑玉陽用白眼直接看見證據了。

原來是這樣，我心裡還是小孩子，有點驚訝，仔細想想也不是不能接受。術士的魂魄也是小孩子，難道這是蘇亭山叫我妹妹的眞正原因，在蘇亭山眼中我比他還小？

雖然對殺手學弟和主將學長很抱歉，反正我就是還沒準備好玩大人的遊戲。

「你說清楚一點，十二歲還是十三歲？」主將學長猶作困獸之鬥。

「十二歲。」我從刑玉陽不假思索的回答裡感受到森森惡意。

「好，我等。」悲壯的回答。

刑玉陽不懷好意地說：「話又說回來，蘇小艾和我到底沒有血緣關係，以後就算我忽然改變心意也不犯法。」

「阿刑，你是不是討厭我？」主將學長的聲音聽起來有些幽怨。

「我們都多年的兄弟了，你怎會這麼想？」

「你對小艾明明沒那意思，卻在妨礙我。」主將學長提出控訴。

「這樣吧！你叫我一聲哥，我就看心情放個水——」刑玉陽打了個呵欠。

主將學長立刻不樂意：「你的生日明明大我不到半個月，根本沒差！而且過去到現在我都比你高，國中時你還常被陌生人當成我妹……」

主將學長你剛剛自己把被怨恨的原因講出來了啊！

無法跨過心中那道坎的主將學長默默下樓，刑玉陽舉起手，用力拍在我的肩膀上，我嗷了一聲跳起。

「裝睡裝夠了沒？」刑玉陽說。

「我是被你打醒，很痛欸！」我睡眼惺忪揉揉眼睛。

「若非鎮邦心神不寧，這種程度的偽裝只是搞笑，妳以後最好別在他面前裝睡，跟獵物埋伏沒兩樣，煽動男人的責任妳也有份。」

我寒毛直豎趕緊點頭。「萬一不小心真的睡著怎麼辦？」

「那就沒關係，鎭邦看得出來，他會把妳抱去床上歸位蓋被子。」刑玉陽說。

「刑學長，你是人類的救星，民族的偉人！多謝大俠仗義相助！感恩恩恩恩恩——」我人工製造回音。

「妳頂多還能混四年，自己看著辦！」

「不懂，這期限哪來的根據？」

「按照鎭邦的性格，他已經預設妳的魂魄會一年長一歲，按我國民法規定，女生滿十六歲就可以結婚了，對妳來說也就是四年後。」刑玉陽用力彈了下我的額頭。「再長不大妳就去當童養媳吧！我懶得管了。」

趁我眼冒金星，他也下樓去鍛鍊了。

Chapter 16 / 新機會

時序進入十一月，我好不容易從山中冒險的巨大疲勞和驚嚇中恢復元氣，接到堂伯希望我回去聊聊的電話，其實就是要我去報告這次勞駕他派直升機去救我們的山難內幕，我便揪著許洛薇和殺手學弟回老家了。

炭底村第一站必定是拜訪王爺廟，溫千歲懶洋洋地坐在葉伯位置上，我忍不住揉眼睛。

「王爺叔叔，你白天不是不出來嗎？」

不對，我六歲時的確遇過溫千歲午後悠閒地在廟埕散步來著。

「晚上太熱鬧，白天清靜些。」陰神王爺如此說。

「咦？今天沒什麼信徒的樣子，該不會和葉伯還沒回來有關？」葉伯人氣超旺，很多煩惱信眾沒在王爺那邊求到籤，跟葉伯聊過後也能心滿意足回家。

「甚好，本王輕鬆許多。」

您老人家常年傲嬌，我也習慣了。「王爺叔叔……」

「許洛薇把前世的事對妳說了吧？妳還用這個稱呼叫我？」溫千歲飛來一記眼刀。

「前世歸前世，我可沒承認。還有她描述的前世根本在抹黑我的形象。」

「……這畜生是從妳前世本人嘴裡聽的故事，的確作不得準。」

超黑超S還是美化後的形容詞？這下我更要否認到底！

「我有件事想拜託您。」我諂媚地湊到溫千歲袖子邊。

「現在本王很無聊，姑且聽聽。」

「謝謝王爺叔叔。想請叔叔把專剋老二的法術和咒語傳給我，有備無患嘛！」

「妳學了沒用，九十九師弟能夠用這個法術，是妳前世傳給他的力量，而他作爲蘇湘水命終往生前讓我繼承，這不是修煉出來的能力。要是妳恢復記憶，根本不需要學這個。」

「那你告訴我咒語，說不定我繼續提升ＡＲＲ超能力後也用得出來。」

「『師父要你乖乖聽話。』」

「王爺叔叔，你在開玩笑？在山裡時你明明不是這麼說的。」

「就是中文沒錯，只是用了偏遠山村口音，九十九師弟有時候喜歡玩這些小把戲。」溫千歲回得那麼乾脆就是篤定我聽了也是白聽。

雞肋……跟前世有關的東西基本上不是雞肋就是高度危險的存在，我坐在圓凳上抱頭悟出了這個眞理。

「以前他還會掙扎幾下，這輩子看到妳是女生就自動變成傻逼了，不堪一擊，呵！」溫千歲看著自動拿起掃把正在外面掃廟埕的殺手學弟背影冷笑。

「但也很可愛不是嗎？」我說。

溫千歲投來鄙夷目光，我搔搔鼻子，既然討教失敗，只好去下一站交功課了。才這樣想，背後卻傳來堂伯的聲音。

「小艾，妳果然先到廟裡。」蘇靜池一身毛料西裝，我懷疑堂伯家裡半件運動夾克也沒有。

「我正要去找你，伯伯怎麼也來了？」

「不知你們今天幾點到崁底村，就想著來廟裡走走。」

堂伯以前是無神主義者，父親被冤親債主害死才接受惡鬼與超自然的存在，後來也是走理論分析派。如今蘇家族長很自然地拈了一炷香獻給神像，雖然王爺廟的主人不在神壇上。

「伯伯你知道王爺大人是真的對吧？」我總算發現哪兒有違和感，蘇靜池臉上毫無對「神明」的崇敬，但也沒有貶低不屑，對不熟的長輩問好大概就是那種表情。

「葉先生說溫千歲存在，我相信他的話。」

相處久了我大概也能聽出堂伯的幾層意思，陰神來來去去，有時候廟宇還在，神明已不知換了幾位，再者是，溫千歲既不能解除蘇家被冤親債主作祟的宿命，也無法拯救他的雙胞胎兒子，難以有更多期待。

正當我煩惱要從哪裡開始說起，堂伯主動提問了：「妳在電話裡說冤親債主已經下地獄，確定沒錯？」

「我可以保證親眼看到，王爺大人也是見證者。」

「那麼，小艾，我希望妳從遭遇被蘇福全附身的劉君豪和陳宓開始，鉅細靡遺地描述一遍，盡可能還原對話以及所有細節。」

堂伯這麼說讓我有點緊張，溫千歲在旁邊盯著讓我壓力更大了。同步看王爺臉色斟酌曝光內容難度頗高，我索性集中描述劉君豪和冤親債主。蘇靜池專注傾聽並微微皺眉，我說到劉君豪一家是最初可考的蘇家先祖轉世時他吃了一驚，而說到蘇福全被拖下地獄時，堂伯臉上並無喜悅之情。

「蘇福全最後的確是說他贏了？」

「敗犬的遠吠吧？不然就是指他還是成功毀掉劉君豪一家，但我可以保證冤親債主無法再造成任何傷害了。」我急切地對堂伯說。

「果然是意外的大驚喜，辛苦你們了，小艾。」堂伯還是很冷靜。

若非被許洛薇的死因打擊，我也該是欣喜若狂，現在反而看淡了。

「按照之前妳倉促說過的重點，那孩子身體裡也棲息著窮凶惡極的東西，將他放在身邊好嗎？」蘇靜池看向王爺廟外的青年。

「葉世蔓前世是我重要的人，再說，按照那個怪物自己保證的，葉世蔓過得越幸福，怪物就越不可能甦醒。不過就算那個存在甦醒也很聽我的話，您放心。」我說。「伯伯，你怎麼看劉君豪和蘇福全？」

我問的不是蘇福旺而是劉君豪，對我而言蘇福旺只是夢中人物，劉君豪卻是會痛會哭也會喪失理智的血肉之軀。蘇靜池大概是集歷代之大成，對蘇福全這個冤親債主研究最深入的人了。對於害死父母的凶手，我沒辦法用蘇福全將在地獄中飽受折磨這件事自我寬慰。

「若說我不恨冤親債主害死父親，那是騙人的。母親承受不了打擊，得了精神病。小艾，我和妳家裡出事時年紀差不多大，還不成熟的我無法好好照顧母親，二叔將她安置在一家私人療養院，我則逃到倫敦留學。幾年後，母親也捱不過失去父親的打擊自殺了。堂叔說葬禮可能有危險，叫我別回來，我聽從他的命令，只是爲了保住性命。」蘇靜池憂傷道。

「我本想一生都不回台灣，徹底當個膽小鬼在英國落地生根，是妻子要我回故鄉面對現實，否則冤親債主的問題遲早會讓我發瘋。」

「伯伯，幸好你有一個好老婆，她還給你留下小潮小波這麼可愛的孩子。」

「是啊，她配我是可惜了。」堂伯說。「回來以後我發瘋似地讀書查資料，蘇湘水代代相傳讓派下員記得的冤親債主淵源，比小艾妳後來夢到的內容要簡略太多，我只能靠想像補齊那些空白。」

「祖先們的過去讓我想到一個故事。從前有一個非常有錢的富豪，富豪有兩個兒子，哥哥爲了不讓異母弟弟分走財產，於是設計他一同上山，將弟弟推下山崖，還丟下大石頭砸死他。哥哥死後墮入地獄，遭受燒煮之刑，還被鐵山重捶，直到贖盡罪業【註】。後來哥哥轉世爲一個非常有名的人物，小艾，妳知道那個人的名字嗎？」

「……喬達摩．悉達多？」堂伯忽然提起這個故事時，我胸口一窒。

「有做過功課呢！好孩子。」堂伯的誇獎使我一陣心虛。

由於不是正港佛教徒，我看佛教故事時，反而被一個叫提婆達多的反派人物吸引，一開始純粹是新鮮好玩，大道理讀膩了想看些別的。提婆達多在佛教裡的印象，差不多等於基督教裡的猶大，就是個經典反派角色，也是佛陀的職業Anti粉和轉世跟蹤狂，好幾世都不斷企圖陷害殺害佛陀。

記得當初我查完這些故事，第一個反應是，我的冤親債主完全弱掉了。

「我印象最深的是共命鳥緣的故事，那隻有兩顆頭的共命鳥，只因爲其中一顆頭在另一個頭睡覺時吃了甜果，那顆沒吃到甜果的頭懷恨在心，乾脆吃毒果自殺大家一起死。」媽媽，世界上變態眞多。

「因爲那隻叫『非法』的鳥頭，從來沒有吃過甘甜的果子，即便共享生命，也共享資源，看著另一個半身享福，自己卻從不知滋味，那份嫉妒之毒，比毒果還要猛烈。所以『非法』說：『當來所生之處生生世世，共汝相害，常共爲怨。』而那隻佛陀前世的善鳥『法』則說：『願我生生世世，常共汝爲善友。』」堂伯爲我詳述這個故事。

一顆水果引發的殺機，堪稱最古老的冤親債主版本。

我倒不記得那麼多細節，聽完堂伯的話後張口結舌。「這境界太高了，我沒辦法。伯伯你當初在山上小屋裡對我說，蘇家不會對冤親債主復仇，就是從這些故事裡學到的教訓對嗎？」

提婆達多後來犯了五無間罪之一「出佛身血」，就是因爲前世被殺的因緣怨恨對佛丟擲大石，雖然大石被山神接下來，飛濺的碎片卻砸傷佛陀腳拇趾，因此墮落阿鼻地獄。

堂伯點頭道：「還好我是普通人，即便想復仇，也不知去哪尋找虛無飄渺的冤親債主，加上有捨不得的家人，時日一久也就能冷靜看待了，二叔託付我的任務太重要了，不能因爲個人怨恨輕率行動。」

註：出自《佛說地婆達兜擲石緣經》，地達婆兜爲提達婆多之異譯。

我跟著唏噓。「就連佛陀前世也殺人下過地獄痛切反省，聖父了N輩子，覺悟以後還是會被冤親債主攻擊，凡夫俗子硬要報仇只會把自己搞得更慘吧？哪怕爽了這輩子，下輩子搞不好要還更多。」但要我和殺害父母的惡鬼當好朋友也是沒可能，或許就像堂伯盡力自保守護家人才是比較中庸的選擇。

「『沒完沒了』這就是我對蘇福全的看法，我可不想陪他玩這種遊戲，想必湘水公也是這樣認爲。至於怕冤親債主害死妻女，索性自己先下手的劉君豪則是『放縱愚蠢』。」堂伯給了我中肯的結論。

「您對冤親債主下地獄這件事沒有實感嗎？」事情結束後我有時會冒出這種感覺。本以爲堂伯會在村裡擺流水席慶祝三天三夜，我可以趁機沾光吃好料，結果蘇家靜悄悄的毫無反應。

「多少有一點。無論如何，蘇家的威脅能夠到此爲止也是好事。」堂伯說。

「或許下地獄不全是壞事吧？殺害弟弟的哥哥後來不也洗心革面成了佛陀？劉君豪和我們並沒有原諒蘇福全，他下地獄的瞬間也沒有反省，」我不可能原諒一個始終不認錯的殺人凶手。「也許很久很久以後，這份因果才會眞正和解，現在我只要確定蘇福全再也不能在陽間害人就好。」

仔細想想，前世的弟子們起碼有兩個下過地獄又轉生回我身邊。聽別人說自己的前世實在無法有代入感，側面證明地獄和一般人想像中有點出入。至少經歷了這一切的我覺得，蘇福全最大的痛苦不在於刀山火海，而是他終於明白那顆甘美果實的滋味無比後悔之時，才是最大的刑罰。

我往以財故　殺其異母弟
推著高崖下　以石堆其上
以是因緣故　久受地獄苦

「因緣終不朽，亦不著虛空……」我下意識輕聲複誦腦海湧現的偈語。

背後牢牢沾黏的絲線，劉君豪一家，蘇家的業障，無名氏的執著，妖貓的前世，和某些不尋常人物相遇，許許多多的緣分猶如一張大網，使我身陷其中。

□

從崁底村回來後，我忽然想通了，許洛薇的死和殺手學弟的執念——還有主將學長的心意統統都好，還不是該怎麼辦就怎麼辦！我要和許洛薇繼續走下去，但也不想放棄其他重要的人，作爲一個二十五歲的現代女性，我絞盡腦汁想到的未來藍圖還是找一份正當工作自食其力，爭取盡快還完學貸，再存筆小錢過上正常生活。

許洛薇死後我就不曾再畫過圖了，那是我的心魔。現在的我面對畫紙和空白螢幕喘不過氣的毛病減輕很多，不挑剔的話，或許可以靠美術設計混口飯吃，至少賺點外快也行。

許洛薇既然不在乎跳樓跳過頭的意外，是時候該和她談談回家的事，許爸許媽有資格知道眞相。或許他們會怨恨女兒因我而死的悲劇，厭惡我隱瞞許洛薇返魂不說，這都是我任性妄爲該承受的後果，總之先做好獨立準備再慢慢贖罪。別說死後在外迌迌的許洛薇面對親情責任一心要賴，連我想到終於要對許家給出交代也是滿身冷汗。

「得找個能養貓的租屋處，堂伯給的支票剩十五萬而已，租房子、交通加三餐用度一下子就乾了。」我撐著小花腋下將牠抱起，一人一貓直直對看。

迷失在阿克夏記錄幻境時，爲我帶路的神貓和小花長得一模一樣，我始終沒辦法放下這個疑點。「小花，妳認識愛吃紅燒鰻罐頭的神明嗎？」

「喵——」小花長叫一聲，毫無預警暴衝，小影子敏捷無比一溜煙竄進廚房。

「糟了！廚房窗戶沒關！薇薇！」我趕緊呼喚窩在房間上網的許洛薇過來幫忙攔截貓咪。

「來啦來啦～」許洛薇婀娜多姿地走到我身後。

「妳還有時間走台步嗎？」

「小花不敢出籬笆！前陣子我們不在，小花偷跑出去時被野狗追過，戴姊姊說小花嚇破膽最近都窩在家裡。本來我們也是限制她行動當家貓養，以前都不知道她會開紗窗。」許洛薇自信滿滿說。

「貓咪在牆頭！」我指著後院圍牆。「啊，跳出去了。」

「……」被狠狠打臉的許洛薇面上無光，雙手比著蘭花指，打算將小花用隔空移物抓回來。「看我的超能力☆」

五秒後，啥事也沒發生，我彷彿聽見烏鴉飛過的聲音。

「咦？」許洛薇換了個姿勢更加用力發功。

「怎麼？妳散功了？」

「不是，好像被某股力量彈回來。」許洛薇盯著手掌若有所思。

「還不快追！」

許洛薇立即變身為角翼貓，牆外是水田，根據許洛薇跳上牆頭眺望的轉播，小花正沿著田埂往外跑。當初許爸爸買下老房子時蓋了圍牆增加安全性，我還繞著牆外種了一圈生命力旺盛的天使薔薇當有刺植物屏障把防禦力點到滿，搞得跟睡美人古堡沒兩樣，老城堡得名於此。刑玉陽家的牆我爬得過去，但在老城堡裡可沒辦法，缺乏小花貼牆而下伏地鑽過刺枝的身手，我從前門走馬路再繞路切進田間，難免落後許多步。

這場追逐戰應該瞬間就結束了吧？結果現實同樣打了我的臉，映入眼底的畫面是小花依舊跑在許洛薇前方，妖貓則收起翅膀伏低身體慢跑，以我對她原形神速的認識，肯定出事了。

快速衝到許洛薇旁邊，我摸了摸她的脖子。「怎麼回事？」

「不知哪來的大水，呸呸呸！我又嗆到了。」許洛薇一臉苦逼。

「大水？」我張望四周一派平常的田野風光，顯然活人陰陽眼還是看不到險些把角翼貓沖走的大水。

難道是我生靈出竅時看過的古河道？但許洛薇平常蹓躂沒提過水還淹到老房子旁邊，已經消失的土地記憶哪有忽然氾濫的道理？

「我走田埂，妳跟著我。」我抓著許洛薇的毛皮引路，她乾脆把眼睛閉起來。

我和許洛薇迂迴前進，終於來到小花身後，小花忽然停下，我們與牠距離又更近了。

許洛薇說她總算爬上岸，我看她的火焰毛皮的確黯淡不少。

只是回頭望了一眼許洛薇這樣微不足道的分神，小花旁邊就多出一位襯衫西裝褲老者。

「雜貨店老伯？」我和許洛薇異口同聲。

當初就是有這位已經去世的街坊熟人引路，我和許洛薇才找到土地公廟後方的淨水溝資源，雜貨店老伯應該是負責傳話的靈魂，幕後是哪個神明大發慈悲迄今仍無從得知。

「您用這副生前模樣，兩位妹妹是認不出來的。」術士的聲音從我們背後冒出來。

「你能不能別老是偷偷摸摸出現？」我對這位祖先沒好氣地說。

「小艾妹妹委託我去查出是誰在學校裡告訴洛薇妹妹妳即將遭遇死劫，我可也是花了好一番氣力才確定答案。當事者希望親自對妳們說明，看在這位的面子上，我只好把揭開謎底的時間延到今日。」蘇亭山道。

「薇薇妳明明記得雜貨店老伯，怎麼當初認不出來？」我問。

「每次跟妳去巷口雜貨店，老伯超級木訥寡言，都他太太在招呼我們，我根本沒聽過他的聲音好嗎？」許洛薇委屈地說。

我回憶雜貨店老伯去世前的光景，好像真的是這樣，汗！

「請問，您爲何要幫我們？」我小心翼翼地向雜貨店老伯討教。

從術士有禮貌的程度判斷，雜貨店老伯的實力背景不好惹。

雜貨店老伯微笑，身上衣物發出耀眼的紅色光芒，忽而便換了套裝扮，那身明黃官服異常眼熟，我幾乎每個星期替雜貨店老婆婆跑腿拜拜時都會在土地公廟看過一次。

「土地爺爺？」我的聲音有些發抖，許洛薇也看呆了。

「我在這裡出生、長大、死亡，這片土地就是我的根，一輩子與人為善，沒做過壞事，死後竟然被交付了這套官服，唯一的遺憾是，不能再和老婆相認，多虧妳經常來廟裡告訴我她的近況和願望。謝謝妳，蘇晴艾。」土地公說。

「不客氣，應該的。」我呆呆回應。

雜貨店阿伯現在姿態落落大方，地方神明背後是否存在某種慘烈的公務員特訓？

「那土地爺爺，你怎麼知道當初小艾三個月後就會被冤親債主加工自殺？是不是你把我卡在跳樓死掉的位置？不能換個比較舒服的點像女宿交誼廳嗎？」許洛薇好奇地問。

「我只是奉命行事轉告妳情報而已，許洛薇，將妳困在那邊也是上面的意思，為了不讓妳太快覺醒為妖魂，在蘇晴艾尚未發現妳時便失控胡作非為。」

「我那個雨夜會去中文系館緬懷許洛薇純屬偶然，怎能提前預知倒數呢……等等，預知？」我猛然想起在過去世的夢境中，被和小烏鴉溫千歲的言靈相提並論的某個人，能力就是預言！九十九號弟子！「蘇湘水說的？」

土地公卻一臉茫然：「抱歉，我不知此人是誰。」

「看來是上頭層級頗高的人士直接出手干預，以洛薇妹妹的本質，能夠這般自在與活人相處，本身就是一個局了。」蘇亭山評論道。「土地大人不給個解釋嗎？」

土地公點頭，「原本也是要對二位解釋清楚，許洛薇爲救友而死，善心可嘉，天界打算測試許洛薇是否擁有成爲地祇的資質，一旦通過標準便可送她去修煉。但許洛薇獸性未泯，需要有人引導，上頭命我促成妳二人再會，暗中觀察妳們如何面對來自人鬼妖怪各種考驗。」

「哇！原來我的優點已經傳到天上啦哈哈哈！」許洛薇得意洋洋。

「並非如此。」土地公馬上潑冷水。

「看吧！笑得太快出糗了。」我幫補一刀。

「喂！對未來的神明大人放尊重點！」許洛薇壓根沒嚴肅看待整件事。

我敏銳地懷疑許洛薇打算拒絕天界的恩賜。其實若叫我去當神明，我也二話不說閃人，但許洛薇的魂魄太特別了，不屬於哪一邊，做人做妖都不對勁，或許超然的管理者才適合她。

「這是第二件天界命我轉告的事，爲了讓許洛薇清楚她的前身淵源，認清處境，莫再貪玩頑皮。」土地公手上變出老舊線裝書，翻開其中一頁。「這是天界交付我等地祇在人間修行時必須觀察留意的事項，一旦傳說現世必須立刻通報。『凶豸之獸，太古妖王後裔，鱗翼額角，披火刺尾，生前噬人無數者，命終轉化閻羅王眾，爲赤虎鬼王，於鐵圍山內諸地獄邊緣啖食逃脫罪魂，永世不得超生。』」

我費了很大的力氣將每個字刻進腦海，卻因衝擊過劇有些迷迷糊糊，伸手想觸摸赤紅異獸，踉蹌了一下，蘇亭山及時扶住我的肩膀。

總覺得在神鬼靈異陰謀上，有卑鄙的術士在身邊意外安心不少，眞是塞翁失馬焉知非福。

術士接腔問：「天界的意思是，像洛薇妹妹這類古獸的宿命，便是吃人累積罪業之後落入地獄成爲獸類鬼王，那麼她又怎會轉世爲女子？」

術士握著我的手指有些用力，他並沒有表面上那麼平靜。我想起都鬼主的話，他的師父死後有高機率也要下地獄當鬼王，顯然有關赤紅異獸的記錄對蘇亭山來說並非完全無關的傳說，而是可以類比的例子。

「那正是天界要我等留心之處，有頭凶獸並未如註定好的宿命下地獄，地獄因此少了一位赤虎鬼王，這件事輾轉傳到天界，天界懷疑該凶獸可能投生爲人，命我等尋找凶獸轉世……」

「然後就像封印葉世蔓的前世一樣封印我的朋友嗎？」我忍不住搶話。

土地公道：「若牠繼續肆虐食人，便是接續前世未了的因果成爲鬼王，當然，按照我們的立場得阻止凶獸爲惡，才有了這次的計畫。許洛薇跳樓嚥氣之後，魂魄在原地昏迷不醒，我心疼這孩子，於是守著她不讓雜鬼欺負，卻遲遲等不到鬼差，恐怕是因爲這頭凶獸沒有名字，而她的人類名字無法登錄鬼籍。」

土地公說，凡是沒有名字的遠古怪物，威能都相當巨大，後人爲其取的名字只要沒有獲得當事者認同，便無法起眞正的代表效果，即便是神明也無法強迫許洛薇去陰間乃至於投胎，因爲「許洛薇」並非凶豸的眞名。

無名氏對名字這麼執著，一定也是眞名威力超乎想像。

「第三天，這孩子的魂魄忽然恢復凶豸原形，我險些被她吞噬，幸好上空及時劈下一道天雷又將其擊暈，之後她在妳面前二次覺醒時，就是較爲弱化的型態了，蘇晴艾。」土地公看著我說。

「該不會我就是這樣才失憶？」許洛薇摸了摸頭頂。

「妳那時候是不是很餓？」我有預感眞相就在眼前了。

「剛醒來的時候倒是不覺得餓，只是麻麻軟軟的很難專心。」許洛薇說。

「既然轉世爲人類，洛薇妹妹又說她只吃人類獻的祭品，沒主動捕食，表示她吃下的人數遠遠不到催生赤虎鬼王的程度。話說回來，若吃別種肉也能飽，其他凶豸又怎會作爲赤虎鬼王的預備役紛紛下地獄？」術士搓著下巴望向許洛薇：「其實妳本性很喜歡吃人吧？只是有其他因素選擇不吃而已，也許落單沒有同類可以仿效也是一個原因。」

赤紅異獸又露出那種奇妙深邃不含人性的笑意，舉起前爪指著我。

「是因爲認識晴艾妹妹的前世？」術士猜測。

「無論如何，修行成爲神明對許洛薇和人間來說都是好事，一方面增加存在價值，同時減少她必須被消滅的理由。」土地公說。

我也是這麼想，還曾期待玫瑰公主也簽個陰契當小神，像雜貨店老伯這樣就非常理想，可惜附近的土地公缺已經被占走了。

「你們拖拖拉拉何時才要談到我族的事？」平空出現的聲音非常輕柔稚氣，語氣和內容卻完全兜不起來。

「小花說話了！」我指著花貓。

「對啊！怎麼可能？」許洛薇張著嘴巴不敢置信。

「沒看過被附身的貓嗎？明明妳覺醒前三天兩頭也這麼幹。」男童穿著古裝，露出貓掌貓耳和一對小小的金色翅膀，臉上還有鬍鬚和眉鬚。

「這形態太有殺傷力了，要怎麼變成像你這種樣子？前輩！」

許洛薇立刻被擊中萌點，差點流鼻血。

「冷靜，這個可以晚點私下問。」我抓住蠢蠢欲動的玫瑰公主。

「老夫年紀比阿彬還大，結果他一死卻成了我的上司，天界完全是種族歧視。蘇晴艾，謝謝妳救了老夫的後代。」半貓男童轉對我行了個禮。

「土地公是上司……您該不會是虎爺？」我笨手笨腳地回禮後才想起這個重點。

我用抹布擦過許多次，經常供奉點心，單方面覺得很帥很可愛，誰知神桌下方獸類塑像裡頭棲居的魂靈竟然是小花祖先？

「按照天界預言，那一天老夫後代小花兒本該被惡鬼附身衝撞機車慘死輪下，妳卻不顧自身安危強扭車頭主動摔車，導致小花兒的命數截然不同。」

「那時在天台上幫了我的不是小花，是你？」從車禍現場一路尋到我被冤親債主控制的中文系系館樓頂，出手救援的時機算得剛剛好，我就知道野貓有這種靈性也太扯了！

「若非小花沒死，老夫也無法附身相助，這孩子欠了妳一條命，便讓小花待在妳們身邊修行了，雖說，馬上就被閹了是有點那個，但對健康有好處又能避免多餘因果也是好事。未來，小花兒若能修出一些成績，大約要來接老夫衣缽，無牽無掛較佳。」虎爺解釋道。

「我們當然希望繼續照顧小花，如果虎爺大人也這麼想再好不過。」我說。倘若沒有小花，我和許洛薇再次同居不見得會那麼順利，真要說是我們不能沒有小花才對。

「唔，小花兒的問題解決，愉快愉快，可以辦正事了。」虎爺搧了兩下翅膀，跳了一步浮空來到許洛薇面前。

「許洛薇，人類將妳的身影刻印在心，即便沒有文字，也想方設法描寫在石頭與銅器上，追逐著與妳相似的野獸身影，投注愛情。妳與人的緣分如此之深，是否願意現在就讓我們引妳去能進行神明修行的地方？」

《說文解字》中記載：「豸，獸長脊，行豸豸然，欲有所司殺形。」這個象形字象徵著某種擅長獵殺的長脊椎野獸，這是我後來查到的資料，有種叫「獬豸」的神獸和許洛薇一樣有獨角，還會用角來戳有罪的人，被中國古代的御史拿來當作公正不阿的象徵。

許洛薇看起來想直接拒絕又遲疑了，一來沒料到虎爺說了那些話，二來則是看見我擔憂她未來的目光。「馬上走我絕對辦不到，不能給些考慮時間嗎？」玫瑰公主彆扭地說。

我回過神來，許洛薇就這樣離開我也無法接受。「薇薇這一走是不是再也不能和陽間親友連繫？」近在咫尺如雜貨店夫妻，都有陰陽兩隔人神之別的無奈，溫千歲和蘇家的血緣關係到現在也只有極少數人知情，王爺毫無爲自己正名的興趣，不倫不類的親戚稱呼有時也透著踩邊卻不違規的味道。

「爲了避免徇私和堅定意志，這是要過的第一關，即便情緣仍在，神明已經不是凡人了，連寂寞都忍不了要如何面對眾生生老病死？」土地公說。

我懂土地公話中道理，這也是我對當神明毫無幻想的原因之一，看多了就覺得還是凡人的腐敗生活最愜意，只是死後身不由己，說穿了還是道行不足的問題。

「機緣稍縱即逝，本來讓凶豸成爲地祇就是一種……用你們人類的話說，政治極度不正確的事，具備高度實驗性質，過程稍有不對，這條通路就會封閉。」虎爺代替土地公點出背後的眉角。看來還是不想變成社交高手啊！阿伯。

「蘇晴艾，妳對老夫一族有恩，又是阿彬認識的女孩子，總是對他老婆很好，他挺喜歡妳們，一路走來不容易，我們有意幫一把，但這件事實在不由小小的土地神作主。」虎爺坦承。

「謝謝土地爺爺還有虎爺大人費心，但她還沒回家和父母解釋跳樓眞相，鬼門關一年都還開一次讓阿飄回家聚餐，眞的不能給我們一點時間嗎？」我忍不住央求。

「百善孝爲先，太過不通人情有失考量，的確是該向上頭反應的重點。」虎爺對上司毫無尊敬態度，堪稱喵星人楷模。

土地公點頭，沒見他出現特別動作，上空卻落下七片葉子。

「七年？」許洛薇完全憑喜好亂猜。

「七個月？」我也摻了點私心，覺得半年多些的準備期還算合理。

「七週？」術士用欣賞笨蛋的眼神看著我和許洛薇。

「抱歉要讓各位失望了，只有七天。」土地公莊家通殺。

「吭——才一個禮拜？那是要告別個毛！」許洛薇破音了。

我想了想，咬牙直接問：「地方神明是不是很缺？」我從七天這個數字深深感受到成爲神明後血尿的未來。

「就像老夫的紅燒鰻罐頭那麼缺。」虎爺說。

不用一直強調，會買給你的，不說清楚誰知道要拿去哪裡拜拜？我扶額想。

話說回來，土地公對虎爺言行完全沒意見，果然是個稱職的貓奴，完美搭配，幹活不累。

虎爺原地踱步兩圈，長考後竟然蹲下來玩起田埂上的狗尾巴草。「以下的話涉及天機，老夫只是隨口發發牢騷，可能會很小聲。」

我和許洛薇立刻豎起耳朵。

「即便是特殊個案，天界也不方便將某個遠古妖魂直接欽點爲地祇。不久之後會有一場地方特考，老夫也是先取得實習生資格且通過考試，殺敗無數競爭者，才能站在今日位置，若不能在公開考試中令所有考生服氣，日後行使公務遭人/妖刁難，待不下去棄職逃跑的也不罕見。」虎爺說。

身爲長年失業面試碰壁的魯蛇，我太明白打通門道的重要以及時間不等人。大好機會就在眼前，縱使心疼還是得逼許洛薇快點去求職就業，以免落到像我這樣不上不下的尷尬情況。

「上頭希望許洛薇快點接受訓練，以她目前程度錄取機率頂多個位數，早一刻是一刻，好歹還可以賭一把，否則下一梯次最快也是半世紀後。哎喲，不小心說太多了喵。」虎爺張著碧綠大眼睛一臉無辜。

所以，上面的大大們還想順便賭一把嗎？我仰頭無言。

「不對啊！阿伯不是死後馬上就成了土地公嗎？」許洛薇挑漏洞。

「阿彬上輩子可是個修道者，資格早就註定了，只是再活一世把因果了結得乾淨些。」虎爺戳破我們的僥倖心態，沒這個坎站就別妄想一蹴可幾。

「我懂了，這就帶許洛薇回去收拾，爭取七天內把後事交代清楚。」我挺胸行童子軍禮。

「孺子可教。」虎爺欣慰地摸摸鬍鬚。

兩位神明正欲轉身離去，我叫住土地公。「土地爺爺，我以後會想辦法帶婆婆去廟裡拜拜，她也一直很想去你那邊，如果你不反對。」

「焉有拒絕忠實信徒的道理？謝謝妳，蘇晴艾。」

土地公與虎爺走出幾步便消失無蹤，我痴痴站在田埂上，心跳速度仍然慢不下來。

「兩位妹妹讓我請杯茶，聽聽師父怎麼說的時間應該還是有的，要來嗎？」術士見我和許洛薇都像被雷轟過的萎靡樣子，體貼地提議。

「當然要！」許洛薇應聲道。

於是我們直接走田埂來到老房子後方僅一田之隔的豪華農舍，都鬼主已在院子裡撐起紅傘，置辦好茶席等著我們，想必今天神明來訪揭破底牌的事早在都鬼主師徒意料之中。

都鬼主果然對地祇選拔知之甚詳，光是「身言書判」四個字就讓我和許洛薇猛滴冷汗，要知道妖怪很多沒有手，這樣也想盡辦法考過，可見難度之高，競爭之激烈，廢物靠關係隨便卡位絕對沒好下場，畢竟由天界選拔的地祇和民間自封的陰神不同，算是沾上官方色彩了，地位高低不言而喻。

臨別時，都鬼主還叫徒弟捧了一本超厚的最新版六法全書給我們，吩咐我找個好地點燒給許洛薇，有備無患，判決也要與時俱進，搞不好會考今年才修改的條例等等。

神明到底是有多鬼畜！我看許洛薇美麗的臉已經抽筋了好幾次，再說下去她要逃亡了，得立刻打住！

雖說是和驚悚電影沒兩樣的地方特考講座，至少讓我們對天界有意爲許洛薇開的那條路有更具體的相關認識，即便仍在遲疑，許洛薇看來已經有了自己的想法，尤其聽到都鬼主說地祇可以號令陰神辦事時，兩顆眼睛就像探照燈。

Chapter 17 / 未盡之緣

我突如其來地對學長們和戴姊姊說要帶許洛薇回家，大夥均表示支持，刑玉陽還說我終於做了一件正事。

許洛薇倒是乾脆就範了，只是死性不改要我瞞著知曉她存在的親友去特訓參加地祇選拔的事。

「時間不夠和那麼多人告別啦！再說萬一落選馬上回來不就很丟臉嗎？至少等我出發以後小艾再替我交代。」許洛薇如此說。

玫瑰公主根本做好被刷下來繼續混日子的心理準備，害我也跟著損失了不少感傷。

我在電話裡提出想去許家拜訪，許媽媽立刻派車接送，連我想要自己搭車到附近都被拒絕，就這樣帶著許洛薇回到被私人山坡地和農地包圍的許家。

許家占地很遼闊，但你乍處其中絕對很難相信這是國際富豪的住處，舉凡高爾夫球場游泳池啦一概看不到，除了樹林外就是專供許家生活開銷的茶園、有機農場、木材加工廠、牧場和咖啡園，居然還有淡水魚養殖池，處處透露著自給自足的孤僻氣息。

員工宿舍是分開的，主屋是三樓透天別墅，樓頂是觀星溫室兼綠建築，只有少數傭人和保鑣同住。主屋四周是一半花卉一半藥草的英式花園，規模不大只有一個園丁管理，四季都有花朵盛開，人們經過常常沾染藥草香氣，據說許媽媽只要在家，每天都會和園丁一起打理花園。

第一次被許洛薇帶回家時，我的第一印象是她家比迪士尼還像眞正的城堡，因為有各種生產業和手工業持續運作，不僅提供王室使用，還能定期出一些產品提供同樣是上流階層的社交圈作公關。

「公主，妳家的禁衛軍不會太少嗎？」這是還未成爲管家時的我問的笨問題。

「妳眞傻，我家警衛人員超過三位數啦！妳以爲那些員工眞的只會種菜養魚擠牛奶喔？爸爸還出錢支持他們去上在職碩士班，表現好的將來保全做膩了可以換到我家集團公司裡二度就業，在本家工作領兩份薪水待命時又不無聊，大家都很開心。」許洛薇這麼說。

如今回想，許爸許媽將溫室長大的女兒丟進毫無保護的公立學校，和一般人的孩子進行叢林生存，簡直勇氣驚人。

許媽媽老早就站在花園入口處翹首期盼，我拖著行李溫吞地邁著步子，終於來到這位容貌依舊精緻的優雅貴婦人面前時，舌頭像是被貓叼走了，一路上默誦了好久的解釋稿忽然忘得一乾二淨。「對不起……」我低頭小聲地說。

一雙柔荑捧住我的臉，下一秒我便與許媽媽四目相對，她仔細地盯著我五秒鐘，然後開口說：「妳是小艾沒錯，薇薇呢？在妳旁邊？」

這不是全部暴露了嗎？我瞪向正對著空氣吹口哨的許洛薇。

原來眞相之夜隔天早上，許洛薇還是耐不住好奇心去問術士入侵老房子的三名陌生人來歷，術士爽快提供答案：許家派來的偵探，來蒐集老房子裡的靈異現象。

神海集團事件剛落幕時，許洛薇曾經附過我的身打電話回家，還誇口沒超過三次不會被自家娘親發現，結果老辣如狐的許媽媽僅一次就起疑了，可惜老房子如今已不是偵探能隨便潛入監控的地方，我們可是用更高規格歇斯底里地提防惡靈入侵。出師未捷的許媽媽第二次在總統套房裡設下監聽陷阱，不熟悉環境加上智慧家電太多，許洛薇居然沒發現，就這樣我們被許媽媽抓了個現行。

「虎父無犬子這句話果然只是傳說。」我居然犯了相信許洛薇保證的低級錯誤！

「虎父生出犬子才有鬼，一個貓科一個犬科捏！人家是血統純正的貓女唷！」許洛薇還有閒心瞎抬槓。

「您既然知道，怎不立刻揭穿我們呢？」我問許媽媽。

「我和妳哲叔叔也需要時間接受現實，尤其阿哲特別不信怪力亂神，認爲小艾妳精神狀況出問題，想像出一個虛幻角色排遣寂寞，該帶妳就醫不是跟著起鬨，我們還因此吵了一架。我就想，好吧！老娘一定要親手查出無法反駁的證據讓你心服口服！」許媽媽對打臉丈夫表現出無比的熱情。

接著許媽媽馬上回頭調查我這一年多的活動，越查越驚訝，原本平凡不起眼的我，牽涉的案件和人事物層級已經遠超過一個精神病患能撼動的現實，椿椿都帶著神祕色彩。即便如此，還是沒有直接證據證明許洛薇的靈魂和我在一起。

許媽媽想起我仍在追查許洛薇死因，好不容易接受愛女自殺身亡的她忽然後悔了，認爲我說不定眞能查出不一樣的答案，爲了不干擾我，許媽媽按捺住質問女兒好友的衝動暗中觀察。

「我生的女兒自己清楚，鐵定是薇薇不讓小艾妳告訴我們，這孩子就是任性。」許媽媽對準許洛薇的位置說。

「薇薇怕被你們逼去投胎，她特別排斥轉生成貴賓狗。」我吶吶解釋。

「嗚喵～」許洛薇再度裝傻怪叫。

「笨哪！好好說明白，我們做父母只要有一口氣在，傾家蕩產也會護女兒逍遙一世。」許媽媽口氣嚴厲地說。

許洛薇揉著眼睛，看起來想哭了。

「薇薇也怕連累你們遇到危險，靈異攻擊靠眞槍實彈守不住。幸好事情都解決了。」我說。

許洛薇當初堅持不回家還瞞著父母的舉動，除了愛玩以外，或許是她潛意識明白自己是被我的冤親債主逼到跳樓，不願把威脅帶回家中。

「昨天傍晚，薇薇毫無預警來電，說她要去當神仙，剩下不到七天的時間可以告別，叫我和阿哲在家裡等她，免得大家浪費交通時間。我叫阿哲用最快時間從馬來西亞滾回來。」許媽媽回溯記憶道。

「您這樣就信了？」我感到不可思議。

「就算薇薇用妳的聲音說她要去當惡魔，我也非見一面不可，原因重要嗎？」許媽媽反問，我無話可說。

「打電話的時候媽媽說她很氣妳都不向他們求助，我就提議來個小小處罰，約好不說事前有聯絡，讓妳緊張一下。」許洛薇吐舌眨眼。

我一句話被氣噎在喉嚨，誰是始作俑者，許洛薇這賣友求寵的叛徒！

「許阿姨，真的很抱歉，我想彌補，證明許洛薇真實存在這樣可不可以？」

「雖然我相信女兒就在眼前，卻不像妳有陰陽眼，要怎麼證明？如果能有證據，當然再好不過。」許媽媽狐疑地說。

我湊向許洛薇耳畔一陣嘀嘀咕咕，許洛薇豎起大拇指說沒問題。

轉眼間花園裡所有鮮花從花萼處斷裂飛上半空，薔薇花更是碎成片片花瓣，接著許媽媽也飛了起來，浮在離地兩公尺處。身邊天花亂墜，貴婦人表情愕然，竟然沒有尖叫。

「這是薇薇做的嗎？」許媽媽問。

「這下您總不會懷疑是我的妄想了吧？」我說完拿起手機拍照存證，不忘出言提示：「一生難得的畫面，要拍得美一點呀！」

許媽媽回過神來，立刻開始搔首弄姿，我則在旁邊不斷換角度拍個不停，不愧是受過美姿美儀訓練的職業貴婦，果然比敦煌壁畫的飛天仙女還要仙。

拍照活動大概持續五分鐘左右，我還錄了一段小影片，許洛薇拒絕將媽媽舉得更高，許媽媽則抱怨今天穿的這套衣服不能襯托氣氛。

「薇薇現在很厲害了，她救了我好多次。薇薇妳可以接手我的身體和許阿姨聊聊天了，我先睡一下。」我安慰眼角閃著欣慰淚光的許媽媽。

許媽媽卻做了個阻止的手勢道：「小艾是重要的客人，先安頓好再說。薇薇我看不見妳，但妳是這個家的小主人，小艾由妳負責接待。」

「我媽就是這樣，不夠淑女會被她唸。幫我問她爸回來了沒？」許洛薇走在前面對我招手。

我依言轉告，許媽媽道：「早就回來了，坐在客廳半信半疑。」

「沒問題，我馬上就去證明自己的存在。」許洛薇迫不及待要製造靈異現象了，我爲許爸爸的心臟捏把冷汗。

這就是許洛薇的回歸，彷彿只是過了一個漫長的暑假，帶著好朋友回家玩耍。

□

在許家最後的日子，每天都過得充實愉快，距離我上次造訪已經過了數年，許家人每天都安排一定時間的戶外活動，連袂帶我參觀這幾年來的莊園變化，有些連許洛薇都不知道，比如說在她去世後，爲了排解失去愛女的憂傷，許爸與許媽又建了兩座酒莊，一座藏葡萄酒，一座釀穀物酒，後者是許媽媽的興趣。

其餘時間就待在屋裡講述我們這段時間的冒險，直到深夜，中間穿插美味可口的食物與音樂表演，許爸的鋼琴與許媽的歌喉交織有如天籟。對於那些有笑有淚的奇幻過程，許爸許媽總是聽得目不轉睛，我和許洛薇經常因爲互揭瘡疤吵得不可開交。

關於親友們的登場橋段，除了過於隱私與本人明言不能外洩的部分，我大多沒隱瞞，就是受了都鬼主大方錄影的感召，反正沒憑沒據當故事聽聽。經過數年遠距離接觸，終於再度面對面相處，我深深感受到許洛薇的雙親也是不可思議的強大，那些祕密交付在他們手中是安全的，甚至可以因此擴大保護網。

這段相處時間裡，我也問出自己的疑惑。「爲什麼你們要讓許洛薇去普通人的學校呢？門當戶對是有道理的，價値觀和生活經驗差太遠的人本來就很難當朋友。」我總覺得可以從這件事上看出許家夫婦和其他有錢人與眾不同的某種心結。

「我和阿哲都不希望薇薇重複自己的成長歷程，下意識期待她能彌補我倆的遺憾。再說，薇薇不就因此認識妳了嗎？」許媽媽連打呵欠都很優雅。

「但她卻先被譚照瑛傷害。」我一想到許洛薇的高中過去還是會難過。

「我許家的小孩沒這麼脆弱。」許爸許媽都這樣說。

許爸許媽雖身爲海外富有華人移民後代，卻是家族中不受寵的存在，一般人可能難以想像，即便是公子小姐，還是會被勢利的兄弟姊妹和長輩親戚霸凌，這對才子佳人認識契機竟然是世家聚會時的壁花和魯蛇組成互助搭檔。

許爸爸雖然談不上白手起家，但也接近了，就是因爲分不到像樣的家族資源。後來許媽媽幫忙把不顧情面打壓許爸爸的男方家族企業弄倒，接著兩人攜手反攻女方家族，成了令親戚聞風喪膽的情侶組合。許媽媽則說她的家族裡歧視女性的情況非常嚴重，被堂兄弟性騷擾和貶低人格是家常便飯，她一度想找個女朋友或乾脆單身到老死。

懷孕後，許媽媽央求丈夫搬到祖先的故鄉台灣定居，就是想遠離烏煙瘴氣的浮華小世界，直到現在，習慣提防他人的許爸許媽還是沒能交到幾個知心朋友，當然這對夫妻工作太忙，有空就喜歡宅家裡享受兩人世界或各自發展嗜好也是原因之一。

聽到這裡我恍然大悟，原來許爸許媽也有普通人的一面，受過某種傷害後特別執著彌補被剝奪的部分。

許洛薇父母特意降低在台灣的財產持有比例與公開活動，除了把台灣當躲藏舒壓的兔子洞，另一個理由就是爲女兒營造不受父母盛名影響的成長空間，如果許洛薇想當名流千金，送她曝光度當然沒問題，倘若她不想，也沒必要被父母盛名拖累。

「漫畫小說舞台大部分都發生在普通學校，貴族學園系列我沒興趣。」許洛薇也有自己的私慾，反正上課都在打混，庶民生活更有幻想空間。

許爸和許媽雖然爲許洛薇打造了百工斯爲備的城堡，卻不打算將女兒囚禁在黃金鳥籠裡，這對父母的邏輯是，既然後路都幫妳打點好了，玩大一點也是可以的，才把女兒往公立學校丟，最不濟頂多一輩子家裡蹲。沒想到許洛薇後來進化成在大學裡呼風喚雨的玫瑰公主，反而是夫婦倆窩在城堡裡越住越舒服，著迷起領地建設。

我忽然後悔沒早一點帶許洛薇回家了，七天眞的太過短暫。

我睡著以後，許洛薇也有用我的身體和父母說話相處，快速下降的體力和肉身連續熬夜帶來的虛脫是附帶代價，許爸許媽眼下多出黑暈，但我們都不想浪費珍貴的相處時間。

終於只剩下兩天了。我從午睡中驚醒，發現比預期多睡了兩小時，許洛薇需要用我的身體和父母直接溝通，但她從來沒在我意識清醒時直接取代。都什麼時候了，我要她別這麼客氣。

許洛薇斜眼看我：「不是只有我變強了，妳也很難搞好嗎？」

爲了讓她好下手，我都要找家庭醫師拿安眠藥了。

醒來時躺在沙發上，客廳氣氛有些微妙，許爸許媽坐在一旁竊竊私語，許洛薇心滿意足的表情太過可疑，我馬上逼問：「妳剛剛用我的身體做什麼？」

「小艾，以後妳要叫薇薇『姊姊』了。」許媽媽臉頰微微發紅說。

「噗——」我一口玫瑰奶茶直接對許洛薇洗禮。

「髒死了！」許洛薇變臉跳開。

「妳該不會——」我顫聲問。

「就是妳想的那樣，還有錄影存證。」許洛薇燦笑比讚。

「——用我的身體認乾爸乾媽？」

許洛薇得意沒兩秒，翻了個白眼。「有點默契好嗎？還能不能一起愉快地玩耍了？」

「所以不是喔？少嚇人了！混蛋！」我罵。

雖然我喜歡許爸許媽，卻從沒想過要取代許洛薇的位置。

「這年頭白紙黑字才有保障，當然是簽收養同意書啦！」許洛薇說。

我低估了這個外星家庭！生出許洛薇的是誰？就是我眼前這對財力與腦洞皆深不可測的中年男女啊！「這觸犯強制罪了吧！」

「不會啦！影片裡很自然。」許洛薇打開筆電讓我看簽字影片，我還甜甜地叫爸爸媽媽。

我咬著嘴唇想忍住委屈，淚水還是一顆一顆掉個不停。「有些事是不能開玩笑的！」

接下來的話因爲太激動了說不清楚，許媽媽只好坐到我旁邊輕撫安慰。

「我就說妳們這對母女搞小手段只會讓小艾反感！」許爸爸爲我聲援。

「黑臉白臉這招沒用。」我說。

許爸爸摸摸鼻子尷尬地去幫壁爐添柴火。

「一句話幹倒許羽哲的實力頗有我當年風采。」許媽媽讚道。翻譯：廢物退下。

素手移到頭上輕撫我鬆鬆披著的半長髮，「小艾，妳是不是覺得我們只是想買一個名爲『女兒』的寵物？」

我用力搖頭。

「那就是因爲還不熟不自在了。薇薇當年說妳怕生，確實如此，但缺乏明正言順的關係，妳會願意常來我們家嗎？換成薇薇，如果不是妳的同學兼室友，妳也不會想認識她對不對？」

許洛薇在我面前扮了個鬼臉。

「不自在是有一點，但不是這個理由。」我勉強開口。

許家人凝視著我，我咬牙保持沉默，半晌，許洛薇挑釁道：「我就要走了，這點面子妳也不給？」

「我不想再失去重要的人了！誰教妳要蠢到死掉！妳還活著的話我搞不好就貪財受不了寂寞高攀妳家！天上不會平白掉好處的！妳這餡餅他媽的有毒啊！」

等我餓到受不了終於吃下去，許洛薇的死亡卻變成一枚鉤子深深刺進我的心，日夜拉扯。

這些天強作開朗的焦慮一口氣爆發，我嗚嗚地哭起來。

「膽小鬼！」許洛薇罵道。

「其實是我們更有可能失去妳。我不認爲光憑一個蘇靜池保得住阿克夏記錄開閱者，蘇靜池在倫敦來往的圈子裡有幾個手段極其下作的傢伙，即便我們不清楚蘇靜池背地裡的活動，但那些人一有機會絕不可能放過蘇家首領的弱點。」許爸爸說。

「想成是投資如何？只是金銀財寶買不到妳的心，也買不到妳的能力和關係網，小艾要的是安全感，給我們一個機會證明。法律文件可以暫緩不去公證，等妳相信我們再說。」許媽媽將臉頰靠在我的頭側。「我們只是需要一個名分照顧妳。舉例來說，要是妳看見我和阿哲有危險，妳會幫我們對吧？」

「當然！」

「那樣一來，我和阿哲是透過薇薇這層關係利用妳的超能力？」

「怎麼可能！」

「既然不是，有來有往才公平，就算妳沒有那些能力和靈異背景，是薇薇的好朋友就足夠了，要不要對我們產生感情端看妳的選擇，不過恐怕已經來不及了，我看得出來，妳就是這樣頑固又多情的孩子。再說，我和阿哲要找個可以信任的異姓女兒容易嗎？」許媽媽也不諱言。

「回頭想想，我和妻子對薇薇上大學的事有點輕率，雖然許洛薇這隻野貓拴不住，一心一意想去普通人世界交個真正的好朋友，無論付出何種代價，最後她都成功了，至少這一點沒有讓我們失望。做父母的不想補償自己是騙人的，除了妳又有誰能讓我們寄託這份思念？小艾，如果妳覺得虧欠我們，就用我們想要的東西償還如何？」許爸爸也拿出商場談判的十成功力。

許洛薇補一句背刺：「妳鬥不過我爸媽，別做無謂的抵抗了。」

「我暫時還不能接受強迫得來的關係，不是討厭你們，我永遠不可能討厭薇薇的家人。以後我會盡量常來拜訪，不介意的話，我也想帶著朋友和弟弟來。」

「當然歡迎。」許爸許媽露出笑容。

有種對方以退為進，我又掉進陷阱的感覺，雖然溫柔的國王王后為我在陷阱裡鋪了很多花瓣防摔防震，但本質上還是陷阱啊！

「弟弟是指小潮小波還是小鮮肉？」許洛薇敏感地問。

「都是，怎樣？」

「還是把那張收養同意書拿去公證！我超幹的，妳去澎湖結拜認弟弟都不揪的喔？」許洛薇想起被我放鳥的事仍舊餘怒未消。

「我怎麼知道妳想要乾弟弟？」

「妳到底懂不懂抓重點？按照交情也是我們先結拜才對吧？」

「我真的不在乎那層形式，學弟的情況是有必要確定關係，還有我根本不想叫妳姊姊！我一直不喜歡女生之間姊來妹去的潛規則，除非真的是前後輩關係，如學姊學妹這種既不需要親近到喊名字又能行禮如儀的稱呼方式還行。

「被妳叫姊姊我很爽呀！」許洛薇一臉期待。

「我就是知道妳會爽才不想叫。」我想起主將學長差點被迫喊哥哥的糗事。「妳很適合跟刑玉陽結拜。」

許洛薇定睛看我：「不愧是超能力先知。」

語罷，她跳到許爸爸身邊用力拍父親大腿狂笑，又滾到許媽媽懷裡咕咕個不停，這對夫妻只感受到氣流變化，我只好口頭描述許洛薇的失控動作。

「其實，還有兩段證據影片。」笑到發抖的許洛薇忽然正色說。

那股不好的預感更強烈了。

□

第一段影片開頭，我愼重從許媽媽手中接下小緞盒，許媽媽憐愛地看著我說：「應妳要求將項鍊緊急改成戒指，不知小艾會不會喜歡？」

許洛薇操控用我的身體回答：「成分比較重要，世上絕無僅有，小艾保證想要，就用這個拐她結婚，不然她一輩子當定老處女。」

這段對話後畫面全黑，兩秒後鏡頭中赫然出現刑玉陽的身影。

我緊急按停影片，朝許洛薇怒吼：「戒指怎麼回事？爲什麼會是刑玉陽？」

「那是以前媽媽用『我』做的『生命寶石』。妳不是要我交代後事嗎？我很認眞在交代囉！」許洛薇聳肩說。

生命寶石又稱骨灰鑽石，是將親人的骨灰或毛髮作爲碳素材，人工生成並拋光打磨切割成鑽石與其他種類寶石。許爸許媽訂做了一組許洛薇的生命寶石，許爸分到戒指，許媽則是鑲在項鍊上佩戴，製作一顆生命寶石需要不少時間，外加價格不斐，但如果是將已有的寶石改成戒指就快多了。

「我從白目開始問就是不抱希望嘛！妳看下去就知道了。」許洛薇又繼續播放影片。

「Marry me.」蘇晴艾（僞）梳著油頭，身穿西裝，亮出三克拉紅鑽。

「Fuck off!」刑玉陽不假思索罵。

「我就是想看他抓狂罵英文髒話，上次錯過只能聽小艾轉播好遺憾！」許洛薇陶醉地對著鏡頭說。

「這是女兒的遺願，不好意思，請多多包涵。」許爸爸的聲音從旁邊傳來。

「許洛薇是妳？」刑玉陽露出誤上賊船的表情。

「雖然很突然，我要投胎了，這段時間謝謝你的照顧。」許洛薇畫風不變。

刑玉陽愣了愣，垂下目光。「是嗎？那多和父母相處，別讓他們太遺憾，小艾會很想妳。」

居然趁機誆騙刑玉陽的同情心，日後江湖相遇，妳會被他砍成義大利醬！許洛薇小姐。

「我最放心不下的就是小艾了。」許洛薇在時間壓力下發揮出金馬獎影后演技。

「她那麼倔，有好男人也不懂把握，看來會孤單一輩子。話又說回來，萬一哪天她奇蹟般找到對象戀愛結婚，還是很在乎你們的交情，你有危險了她去救你，她有危險了你去救她，她救你，你救她，她吃你的，住你家，你送她吃，給她住……」

「少說廢話！」刑玉陽耐性用罄。

「結果你們只是學長學妹，她的伴侶會怎麼想？明知兩人之間清清白白，旁人看就是不對勁，畢竟亞當與夏娃是原罪嘛！」許洛薇曖昧地笑。

「能避嫌我求之不得！」刑玉陽說。

「萬一是避不了的危機呢？你要避嫌讓小艾去死還是自己默默去死？像我一樣，讓小艾一輩子走不出這個陰影嗎？在我看來，丁鎮邦對你的執著也不輸小艾對我，還是直接拖累兩個人悔恨終身？明明是可以透過協調事先預防的事情，我希望小艾能幸福，你卻是她身邊的不定時炸彈，都是因爲你孤僻，你固執，你自以爲是。」

刑玉陽破天荒被辯到無法回嘴，我佩服地看向許洛薇。

「到底想怎樣？許、洛、薇。」刑玉陽刻意強調玫瑰公主的名字質問。

「是男人就爽快回答，一句話，結婚還是結拜？」許洛薇總算露出狼子野心的眞面目。

「——結拜！」被逼到角落的刑玉陽不得不拍桌承認關係。

畫面靜止，我的心臟又要爆炸了。

「我針對自目的個性和心理弱點沙盤推演了好久，果然兵敗如山倒耶！哇哈哈哈！」許洛薇接受父母祝賀勝利的掌聲。

「第二段影片該不會是主將學長？」刑玉陽和主將學長在我的印象中總是綑綁在一起，我不敢抱一絲僥倖。

「急啥？刑玉陽篇後面還有。」許洛薇指著正按著額頭消化敗北滋味的俊美馬尾青年。

「下一個是丁鎮邦？關於他的事，你們想知道就趁現在問我，我還要回去開店很忙。」刑玉陽說。「那枚女戒如果到了丁鎮邦以外的人手裡，我就搶來直接送給蘇小艾當玩具，隨她愛不愛結婚。」

接下來，不只許洛薇發問，連許爸許媽也參戰討了不少敏感資料，刑玉陽爆料比爆玉米花還乾脆，徹底貫徹好友就是出賣用此一真諦。

「幹嘛逼刑玉陽當我哥？」我對許洛薇發飆。

「妳之前說，希望有個像主將學長一樣的哥哥，我一直覺得不太對勁，但我是獨生女也搞不懂有哥哥是什麼情況，這幾天和爸媽討論後豁然開朗。」許洛薇冷不防貼到我前面問：「就說一句，妳沒事會去丁鎮邦家，吃他放在櫃子裡的餅乾，用他的桌子寫字？平常動不動鬥嘴，對他一言九『頂』，賴床被看見，廚房碗沒洗，包浴巾一起泡溫泉也沒問題？」

「怎麼可能？」我稍微想像就寒毛直豎，這太不敬了！

「小艾，用過的碗還是要洗乾淨比較好。」許媽媽善意提醒。

「我去『虛幻燈螢』都有幫忙洗碗拖地！沒弄乾淨刑玉陽還會罵我！」

「蘇小姐，想像和現實是兩回事，現實中恭喜妳已經傑出地扮演了白目的妹妹，哥哥救妹妹寵妹妹天經地義！旁人要說閒話也沒處說了！」

跑馬燈一幀幀閃現，打得我無話可說。

我對刑玉陽依賴之深，完全不會不好意思，彷彿打前世起就是這樣，自然得連自己都覺得荒謬。細思我對刑玉陽的感覺，馬上浮起的畫面是已經會飛還是對母鳥張大嘴巴拍翅膀啾啾叫的亞成鳥。

「難道上輩子他是我娘？」

許洛薇按著我的肩膀，表情嚴肅。「這句話我們私底下說就好，千萬別被白目聽到，不然妳也要渡雷劫了。」

主將學長的錄影因爲我強烈不敢直視加上有聽沒有進，許洛薇氣得撂狠話，要許爸許媽以後只要我每次來許家都強迫我看三遍。大意是主將學長高興地收下紅鑽求婚戒指，說他很想馬上結婚生小孩，考慮到我的心情決定慢慢來，他會耐心等我長大。

喔對了，他還沒追到我，蘇晴艾超難追，希望許家長輩就算不幫忙也請不要妨礙他，小艾不適合浮誇軟弱的公子哥兒，但他的考驗和障礙已經夠多了。這句話許洛薇抓著我的耳朵直接灌進去，我想不聽都不行。

「膽敢對我們下戰帖，這年輕人不錯。」許媽媽完全來勁了。

「誰說有錢人只認識浮華軟弱的公子哥？我就不是這樣！」被粉紅話題感染的許爸爸憶起當年的甜蜜回憶，趕緊在老婆面前爲自己加分。

「所以你當時沒錢啦！只能打腫臉充胖子。」許媽媽說完，許爸爸擺出和影片中的刑玉陽如出一轍的扶額動作。

「妳都二十五歲了，他還要等多久？」許洛薇沒想到主將學長的回應如此純情，許爸許媽倒是一致給予好評。

「刑玉陽說我的魂魄只有十二歲。」

靜默過後。

「喔。」許媽媽發出單音。

「喔。」許爸爸隔著茶几呼應。

「……喔。」許洛薇劃上句號。

「妳要喔一樣的還停那麼久是恐龍嗎？」我惱羞成怒了。

「我在思考十二歲的尺度可以做多少事。」糟糕的許洛薇給出滿分的糟糕答案。

□

並肩躺在一起說悄悄話到倦極入睡是這輩子最後一次了，明天神明就要來帶走許洛薇。儘管許洛薇落跑偷懶前科累累，我還是希望她能認眞通過考驗成爲神明，即便代價是天人永隔。

「明天要做什麼？還是在家裡聊天嗎？還是舉辦員工健美大賽？」許洛薇問。

「不知道。」我說。

「小艾妳如果眞的捨不得，我就不走了。」

「許洛薇妳是白痴嗎？快點當上神明保佑我找到好工作比較實在。」

「唉，我是想，神明那邊說不定知道小潮小波的救命辦法。冤親債主下地獄了，他們也不會活得比較久，到底爲啥呢？是業障不一樣嗎？」許洛薇喃喃說。

「妳不需要做那麼多，眞的想當聖母喔？」我火氣有點上來。

「就因爲不是我的責任，才能高興想做就做，失敗也沒壓力。雖然遇過很多人，但也不是每個人都讓我想費心，喜歡我的人死了，不喜歡我的人也死了，我都覺得還好。」許洛薇眨著大眼睛。「當上神明又怎樣？我是眞的沒興趣，不如找個覺得重要的目標暫時努力一下。」

「既然沒興趣妳就待在家裡給爸媽養不就好了？」

「不行，我會無聊而死！再說，妳死後還要靠我罩，我勉爲其難去搞個合法身分，要是妳死後無依無靠，我也能像白白收山神隨從一樣讓妳繼續當我的管家啦！妳趁這段時間快點想開留個種，給我生個乾兒子或乾女兒，又不是永遠不見面了。」許洛薇也有自己的盤算。

「薇薇，我對繁衍沒興趣，不想把生命綁在家庭裡，我不認爲自己會輕易改變想法，再說現在我有很多沒血緣的家人了。」我坦白說。

「算了，妳高興就好。戴佳琬只能留給妳對付，我去修煉後沒辦法幫忙了。」

「不用妳操心，剩她一個，大夥實力綽綽有餘，消滅不掉至少防得住。」危險還未徹底解除，也許一輩子都要跟這個癌症似的半覊怪物對抗，我整顆頭抱著燒，哪有心情風花雪月？

戴佳琬和蘇家無關，主要是我跟刑玉陽的共同敵人，戴姊姊也是她的襲擊目標，未來大把日子我還是以增強實力還債存錢爲主。

「眞不想離開，好久沒這麼開心。」許洛薇眼神迷濛。

「妳要是克制不住自己吃人下地獄，我們就永遠不能再見面了。」我警告她。

「知道啦！我可是有過刻骨銘心的教訓，都是妳。」

「又在講前世？阻止妳吃人的是我嗎？」

「除了妳還有誰會做這麼無聊的事？神明的修煉和公開考試，看本公主憑實力刷刷地解決掉。睡了，不要想太多。」許洛薇沒好氣說。

我閉上眼睛，幾分鐘後又忍不住打量許洛薇的面孔，她現在已經不需要睡眠了，單純只是守在我身邊而已。

「刑玉陽說妳是小孩子，還眞的是。」許洛薇嘲笑。

「薇薇，我愛妳。」

她傻住了，半晌才回過神來，捏捏我的臉頰。「三八啦！我也愛妳。」

「上輩子妳怎麼死的？因爲我不讓妳吃人才死掉的嗎？」

「笨！猜錯了！想知道就自己回憶，要是妳記得起來就算我輸。」許洛薇說。

「當神明就不會挨餓了，我看黑山主挺壯的，應該和修煉方法有關，以後說不定拜拜吸煙就會飽。」我幻想許洛薇呼喊著「再來一把檀香」，畫面有點好笑。

她恢復妖怪原形趴在旁邊，用尾巴環著我，從喉嚨深處發出呼嚕嚕的聲音，我頓時感到睡意襲來，某種人與野獸之間互相依賴的古老親密感超越時空撫慰了我的傷痛。

我抱著赤紅異獸軟軟的巨大腳掌，疲憊地陷入夢鄉。

□

一覺醒來，許洛薇不在身邊，我立刻恐慌地跳下床。

心有靈犀的聯繫消失了，試著感應許洛薇的存在，聯繫我們之間的海水卻被迷霧籠罩。一股壓倒性的力量聳立在我的探測之前，化為難以踰越的高牆，明顯要我碰釘子。

天界這麼快就動手隔離我和許洛薇了？

赤腳跑到客廳，許媽媽正在拭淚，許爸爸則拿著一杯紅酒失神。

「薇薇呢？不是還有一天嗎？」

「妳睡著不久，她就來找我們告別提早出發了，有張留言是給妳的。」許媽媽看向桌上的紙條。我連忙抓起紙條閱讀。

——凡事太盡，緣分勢必早盡，兩情若是長久時，又豈在朝朝暮暮？

連最後的重要留言都要抄港漫和宋詞，作文能力是餵狗了嗎？許洛薇——

「薇薇扣下一天應該是有她的想法，說不定她還會回來。明明是這樣想的，但我就是忍不住掉淚。」許媽媽抽噎著說。

整個人被抽空，我無力頹然坐倒在沙發裡。最後一面留給父母，許洛薇總算是有點良心了，卻讓我連句「再見」都來不及說出口，眞想揍她！然而，現在的許洛薇已經到了連我在夢裡伸手狂奔也無法觸及的地方。

蘇晴艾擺脫冤親債主，許洛薇和父母重聚度過一段短暫卻快樂的時光，天界介入輔導凶豸轉世的結局比我當初想像的逃亡下場要好上太多，明明都是好事，我卻絲毫快樂不起來。

之後我又陪許爸許媽一週，才不顧他們的挽留堅持回去。走前我們認眞溝通了老房子的事。許爸爸說他不會輕易更動那裡，希望我能繼續住下去，就算找新室友也行。我則說我爲了戴姊姊不會馬上搬，因爲我一走戴姊姊肯定不好意思住下去，但我們遲早要各自爲生活打拚。

「妳被困在那裡也夠久了，不用顧忌我們，要走要留隨妳方便就好。」許媽媽順便唸了丈夫一頓，還不如讓我搬到離許家比較近的地方，許爸爸恍然大悟。

離開許家後，我在老房子過了幾天，總覺得心裡悶得慌。刑玉陽很忙，除非生死交關的危機他不會放下工作，目前正瘋狂彌補之前歇業的財務缺口。主將學長也很忙，傷勢剛痊癒就重回崗位好讓前陣子承接繁重業務的同仁得以排休，戴姊姊要上班，殺手學弟要上課，就我一個大閒人。

小花雖是虎爺後代，除非一朝靈性覺醒，目前牠真的就是一隻普通的喵喵，只是偶爾兼任虎爺乩身，會自主把家中紅燒鰻罐頭叼走。虎爺嫌我跑腿太慢，供到土地公廟裡是多此一舉。

我私心認爲虎爺是不想和同事平分業外收入，一次也就拿走一罐，這麼便宜的救命之恩，我償還得心甘情願。

「是爺們就不用拉環這種娘娘腔的東西。」我曾問虎爺要不要幫祂把罐頭開好或者買比較好開的罐頭，虎爺這麼回答。只能說，連念力開罐的基本功都不具備還是別自稱神明了，正神都是硬核玩家。

拿起手機，我撥通堂伯手機。儘管堂伯說過，爺爺遺囑裡寫到只要我回老家隨時都能使用族長小屋，不過蘇靜池是現任族長，禮貌起見我還是事先詢問較好。我想當面向堂伯確認他到底對許洛薇的存在知道多少。好吧！更多是想找人聊聊許洛薇的事，尤其是從我不知道的角度，堂伯是怎麼觀察的？

堂伯要我乾脆去住他家，他想順便討論ＡＲＲ超能力的培育方針，有過各種劣跡斑斑的夢遊記錄，大家都不放心我一個人過夜。想起孤獨幽居在家的雙胞胎，我只好答應了。

「對了，阿卿嬸嬸還好嗎？」我不經意地問起。

阿卿嬸嬸是大二時打電話來通知我爺爺去世的親戚，嚴格來說是堂嬸，和我爸以及堂伯不同房的某個陌生堂叔的老婆。聽說我嬰兒時期被她照顧過幾個月，她一直很喜歡我，我搬離爺爺家後每年還是會接到一兩通簡短問候電話，收過她快遞來的自製菜脯，全家偶爾出門玩時想到阿卿嬸嬸，也會順手買一份紀念品寄贈，就是這種程度的淡淡交情。

我連堂伯都忘記了，卻能與阿卿嬸嬸保持聯絡，即便無血緣關係，她卻是老家中除了爺爺奶奶之外我唯一較親近的親戚，造成困擾的長髮就是拜託阿卿嬸嬸替我修剪。最後相處的印象是阿卿嬸嬸似乎有心事，我癱瘓在床時聽她聊起往事，才知道她流產過，從此生不出孩子，體貼的丈夫沒有責怪她，所以她才會那麼喜歡我。

父母臥軌自殺，被家族斷絕關係，大二時唯一打電話到學校來告知我爺爺去世消息的也是阿卿嬸嬸。

我會對阿卿嬸嬸較上心，就是因爲某種程度上我們都是蘇家的「外人」，她作爲某人妻子嫁進這個諸多禁忌規矩的複雜家族，和我媽一樣始終沒融入崁底村，聚會露臉時總是有點生硬尷尬。不過我家情況比較特殊，老爸自己也不適應老家作風，迫不及待想單飛。

長大後認眞研究家族歷史，才想通奶奶當年讓阿卿嬸嬸照顧我一段時間，或許也是爲了幫她改善家族地位，多些和妯娌互動的理由。

堂伯沉默片刻，「小艾，是我派阿卿弟妹通知妳洪清叔去世，還有讓她引導妳回崁頂村。」

「我懂的，她沒事不會冒著被處罰的危險，私下和被族長下令斷絕關係的對象來往，而且我們家和阿卿嬸嬸也沒親近到那個程度。」我說。「斷絕關係是爺爺的決定，伯伯你也很難辦吧？阿卿嬸嬸喜歡我，我們家被趕出去前，她和我每年至少還會互相問候，難道不是你知道這點才派她來嗎？」

堂伯虛應一聲，算是承認了。

「阿卿嬸嬸呢？前兩天我打她家裡電話也沒人接，是去旅行了嗎？」

「小艾，阿卿弟妹不在了。」堂伯的聲音忽然變得有些遙遠。

阿卿嬸嬸死了。

丈夫罹癌久病厭世上吊，不想繼續拖累妻子，身為照顧者的阿卿嬸嬸早已累積許多壓力，只是對丈夫的愛讓她強忍下來，丈夫頭七時她趁一同陪伴守靈的村中婦女不注意，在房間喝農藥自殺。

蘇家人去世皆會做足七七四十九天法會，極為隆重莊嚴，族長還會調度人手幫忙，這也是族規保證的福利。蘇家還有國民政府來台前就規劃好的遼闊私人墓園，喪禮結束後火化下葬，從生到死都有一處位置，不需要撿骨輪葬。

阿卿嬸嬸的法會還在進行中，法師特地調整儀式，使阿卿嬸嬸和丈夫能同一天火化下葬，滿足阿卿嬸嬸的遺書要求，一具棺材裡躺兩個人，夫婦相擁成灰。

堂伯希望我不要接近喪家。這時格外有感，蘇晴艾又變成外人，儘管冤親債主死後我也無意回去家族，當初被驅逐的打擊實在太痛了。唯一讓我在意的是，阿卿嫂嫂自殺的日子和冤親債主下地獄同一天，但也沒有人比我更清楚蘇福全當時在深山中，正快活地附身折磨仇人轉世的劉君豪。阿卿嫂嫂被蘇福全襲擊的可能性基本上不存在。

除此之外，蘇家由於蘇湘水傳下的族規相當要求言行品格，婚後嚴重不和的情況很少，夫妻既能自制，感情自然變好。反過來說，殉情或接受不了失去另一半而慢性自殺的例子則偏高，至少我的父母和堂伯雙親都是這樣。如果不是雙胞胎需要照顧，深情的堂伯恐怕不會苟活人間。阿卿嬸嬸的死其實大家都不意外，但整件事仍然是一場悲劇。

我對被禁止參加喪禮的事並不是很在乎，與其和大家擠在一起走過場，還不如等到沒人的時候再去墳頭和阿卿嬸嬸告別。

葉伯和溫千歲都不在的崁底村讓人覺得有點寂寞，大山神雖賜予溫千歲山界自由通行權，被陰契綁在崁底村也是沒輒，王爺應該是趁有石大人代班去享受最後的自由了。

我低調地住進堂伯家，打算停留幾天，騎機車在一日通勤圈範圍探查環境，同時開始上網找職缺丟履歷，若能在離老家不遠的鄉鎮找到新工作也不錯，還可以常常回家鄉探望熟人。

雖說要獨立生活，但也沒必要放著大好靠山不用嘛！蘇小艾要是清高到寧可挺著腰桿餓死，當初就不會被玫瑰公主收留，堂伯若有閒置房產願意算我租金便宜些就謝天謝地啦。

堂伯曾說願意私下幫我安排工作，被我一口回絕，我可不想像戴姊姊一樣被他控制工作內容和地點。因爲喜歡、不是義務才想主動爲對方做些什麼，我現在明白許洛薇的意思了，越是喜歡堂伯一家，我就越不想接受多餘恩惠埋下日後失和的因子。

親戚朋友間行個方便和人情債之間多少還是有個界線在。此外，平安度過二十九歲之前，我無法訂下任何長遠之計，誰教無名氏提起那個類似死期的數字又不說清楚，剛好許洛薇也去閉關修行備考，暫時走一步是一步更適合我。我不是故意等許洛薇落榜，但她萬一落榜或蹺課偷跑我也不意外就是，如果那種狀況眞的發生了，最好我身邊也沒有太多牽掛。

我決定爲阿卿嬸嬸抄一部地藏經，雙胞胎見狀也說要合抄一部迴向給阿卿嬸嬸，他們聽說地獄眞的存在都覺得很神奇。

一心想在離開崁底村前將地藏經抄好，再拜託堂伯夾在雙胞胎的抄經文裡供奉給阿卿嬸嬸一併火化，我寫得很拚命，這一晚也是手腕痠痛地躺平了。

睡夢中覺得房間很悶，迷迷糊糊地走出屋外呼吸新鮮空氣，張開眼睛，身邊是族長小屋旁的大榕樹！這是ARR超能力又發動了？

我被困在榕樹裡動彈不得，早就死了掙扎的心，榕樹下是蘇湘水埋骨之處，我立刻猜這次的夢境和蘇湘水有關。

□

黑暗中，溫千歲獨自現身，一身白衣幽光虛幻如夢，王爺直直來到我面前，卻未意識到我的存在，伸手按住樹幹。

「你說過總有一天我會明白圈子法術的意義，現在我終於明白，居然是相同的名字，你早就預見今日了嗎？你現在到底在哪裡？九十九師弟。」溫千歲一拳敲上樹幹，我跟著抖了抖。

榕樹下無聲浮現古裝打扮的半透明黑髮男孩，柔滑黑髮在腦後束成一把然後如山瀑般披在肩膀上，即便身影活靈活現，我卻立刻感覺出那男孩連魂魄也不是，只是類似筆跡般的幻影，溫千歲更不會看不出來，殺氣席捲四周，沖刷著無辜的我。

「我無法回答這個問題，此後投生何處不在我的預見之內，這只是死前喃喃自語，像是日記遺書般的痕跡吧？直到嚥氣當天，我才終於想起前世的夢，以及出乎意料與我趕上相同時代的你。半師之緣的八十八師兄，湘水一直想再次向你道謝，咱們也算是教學相長兩世。倘若久遠劫前我的法術成功了，希望至少現在的『她』能記住這個名字。」

男孩對溫千歲拱手行禮道：「此後請繼續守護我們最親愛也最重要，再度應劫而來的……那一位……」

短短的留言隨著幻影湮滅就此結束，溫千歲悵然若失佇立不動，我也在大榕樹裡陪他罰站，疑惑著夢境怎麼一直空轉還不結束？

許久之後，溫千歲自言自語：「只有我記得，倒不如全忘了才好。」

白衣陰神拂袖離去，我才在完全模糊的黑暗中回到無夢的睡眠。

對不起，讓你感到寂寞了。我在心底偷偷對溫千歲說。

蘇晴艾很自私，只想好好過完這輩子，在現實生活裡重複已經結束的遠古夢境，只會令我難堪又無趣，活著的人比不上虛幻的記憶，我難免感到灰心。最不想看到的是，爲了追隨我的前世跟著放棄今生可能性的人們。

謝謝你包容我的任性，王爺叔叔。

尾聲

懸崖涼亭中。

毛頭人和黑髮男初次會面的對話仍在持續。

「對了，你希望有個新名字嗎？不過你應該已經知道自己眞正的名字了，所以那個大巫才無法透過父母取的名字用法術操控一個本應無還手之力的幼童。」毛頭人問。

「是的，但我還是想聽師父你當面對我說，這也是必要的儀式，『未來』在某個時刻也得眞的『到來』，我才能相信自己的確具備預知能力。」男孩要求道。

「唔，我一直看你瞎著眼呆呆盯著海水作夢，本想喚你『相水』，又覺得太沒創意。我以前沒觀得那麼細，老實說也不知道未來的我到底替你取了啥名字，我得證明自己有本事當你師父對吧？」

「如果你是我命中註定等待的那個人，一定能叫出我眞正的名字。」男孩微笑，大眼瞇成兩道黑色月牙。

「按照我的習慣，名字只是記號，不夠好聽加點裝飾就好，我都是這樣替弟子取名字，小湘水，水字旁的湘，這個世界還沒有的人族文字的一種，我日後會全教給你，你是我門下法術第一，精通文字的程度僅次於老三，要認眞學習啊！我不會看錯人。」毛頭人捉著黑髮男孩削瘦的手掌，翻過手心以指尖書寫筆畫。

麻麻癢癢的，有點喘不上氣的感覺。

湘水知道，師父對每個弟子都這樣做過，有些人像他一樣心動溫暖終身懷念，有些人卻因此瘋魔了生生世世。

多麼想說師父您沒有看錯我，但您的確看錯其他人，導致一切偏離軌道，就連這一點我都夢見了。

但您不許我預告，也不想提前知曉。

您的願望如此眞誠巨大，湘水沒有資格，也缺乏能力動搖。

「師父有無眞正的名字？」

「現在沒有，以後不知道，你需要對別人稱呼我時，喚我善解即可，天人取的綽號，我也用慣了。」

「師父，那個對我用針的大巫還活著嗎？我從來沒夢過他的下場，顯然他對我來說，只是雜魚。」湘水暗忖，他得確定雜魚不會留著一口氣又生小魚追纏不休才行。

「你的大師兄起手式就把他幹掉了，順帶一提，你的二師兄也把孕育你的國家弄垮了，這輩子應該再也沒人找你麻煩啦！下輩子你再慢慢算吧！老大老二辦這種事向來很專業，他們的眞名在你夠強之前別亂探聽，人類光是企圖唸出來都會吐血暴斃，這是師父給你上的第一課。

老三就不要緊，但你最好都用排名稱呼他們，以免厚此薄彼。」

「師父您不是人類嗎？」

「我是眞人，已經化生過了，不屬於任何一個『種類』，我只能是我，但你和我的弟子們還是存在某種關聯性，你的同門依舊是人類居多，我最喜歡人類了，他們超會出包惹麻煩，怎麼看都不無聊。」

那個人揮舞雙手的動作顯得無比稚氣。

「師父，但您屬於我們不是嗎？」湘水忍不住出言提醒。

那個灰白短髮蓬鬆的嬌小人影一愣，接著露出燦爛的笑容道：「我從來沒注意到，好像是這樣沒錯。」

正因爲我們有相似又互補的能力，我也能看見並學會你不知道的語言，那是將來我所投生某座小島的原住民語。

「我會爲您設下如入深淵火獄的大苦因緣，迷惘之多，纏縛之重，遠遠超乎所有想像。」

「是我不該明白的話嗎？」善解眞人朝男孩閉起一邊眼睛挑眉，表情促狹。

黑髮男孩點頭。

就連預作懺悔的話，也不能讓你聽懂，親愛的師父……

這就是我的宿命，也是我的願望，如同您執意解救我們，我們也執意網住你，請別一個人流落到我們無法觸及的世界。

「師父，你將來要解冤釋結，可是會累得夠嗆。」

《玫瑰色鬼室友．畢業季節》完

下集預告

勇者退隱之後持續失業怎麼辦？急！在線等！
沒有玫瑰公主的平凡日子，跌跌撞撞的日常生活，
不敵現實壓力再度仆街的蘇晴艾，
毫無預警被指定爲蘇家族長？！

冤親債主下地獄前狂呼勝利之謎，
家鄉陷入重大死亡危機，那個人終於甦醒——
吾友，何時再會？

玫瑰色鬼室友

vol.8 禍潮湧現

2020年 即將迎來最終章！

國家圖書館出版品預行編目資料

玫瑰色鬼室友.卷七,畢業季節 / 林赜流 著.
——初版. ——台北市：魔豆文化出版：蓋亞文化發行，2019.10
面； 公分.（Fresh；FS172）
ISBN 978-986-97524-5-9（下冊：平裝）

863.57　　108014795

fresh FS172

玫瑰色鬼室友 vol.7 下 畢業季節

作　　者　林赜流
插　　畫　哈尼正太郎
封面設計　莊謹銘
責任編輯　盧琬萱
主　　編　黃致雲
總 編 輯　沈育如
發 行 人　陳常智
出 版 社　魔豆文化有限公司
發　　行　蓋亞文化有限公司
地址：台北市103大同區承德路二段75巷35號
電話：02-2558-5438　傳眞：02-2558-5439
電子信箱：gaea@gaeabooks.com.tw
投稿信箱：editor@gaeabooks.com.tw
郵撥帳號 19769541　戶名：蓋亞文化有限公司
法律顧問　宇達經貿法律事務所
總 經 銷　聯合發行股份有限公司
地址：新北市新店區寶橋路二三五巷六弄六號二樓
電話：02-2917-8022　傳眞：02-2915-6275
港澳地區　一代匯集
地址：九龍旺角塘尾道64號龍駒企業大廈10樓B&D室
電話：+852-2783-8102　傳眞：+852-2396-0050
初版一刷　2019年10月
定　　價　全套兩冊不分售・新台幣 399 元
Published and printed in Taiwan

ISBN 978-986-97524-5-9

魔豆

魔豆